〖中华诗词存稿·名家专辑〗
中华诗词学会 编

沈鹏诗词

三馀长吟

(2012-2018)

沈 鹏 著

中国书籍出版社
China Book Press

图书在版编目（CIP）数据

沈鹏诗词.三馀长吟/沈鹏著.——北京：中国书籍出版社，2019.10
（中华诗词存稿）
ISBN 978-7-5068-7430-4

Ⅰ.①沈… Ⅱ.①沈… Ⅲ.①诗词—作品集—中国—当代 Ⅳ.①I227

中国版本图书馆 CIP 数据核字 (2019) 第 200550 号

沈鹏诗词·三馀长吟

沈鹏 著

责任编辑	吴化强　王志刚
责任印制	孙马飞　马　芝
封面设计	采薇阁
出版发行	中国书籍出版社
地　　址	北京市丰台区三路居路 97 号（邮编：100073）
电　　话	（010）52257143（总编室）　（010）52257140（发行部）
电子邮箱	eo@chinabp.com.cn
经　　销	全国新华书店
印　　刷	北京虎彩文化传播有限公司
开　　本	710 毫米 × 1000 毫米 1/16
字　　数	200 千字
印　　张	15
版　　次	2019 年 10 月第 1 版　2019 年 10 月第 1 次印刷
书　　号	ISBN 978-7-5068-7430-4
定　　价	398.00 元（全 2 册）

版权所有　翻印必究

《中华诗词存稿》编委会名单

顾　　问： 郑欣淼　郑伯农　刘　征　沈　鹏
　　　　　葉嘉莹

编　　委：（按姓氏笔画排序）
　　　　　丁国成　王　强　王改正　王德虎
　　　　　刘庆霖　吕梁松　李一信　李文朝
　　　　　李树喜　陈文玲　张桂兴　范诗银
　　　　　欧阳鹤　杨金亭　林　峰　罗　辉
　　　　　周兴俊　周笃文　宣奉华　赵永生
　　　　　赵京战　钱志熙　晨　崧　梁　东
　　　　　雍文华

主　　任： 范诗银

副 主 任： 林　峰　刘庆霖

执行主编： 吕梁松　王　强　李伟成

秘　　书： 李葆国

作者简介

沈鹏，别署介居主，著名书法家、诗人、美术评论家、编辑出版家，首批国务院有突出贡献专家。

一九三一年出生于江苏江阴一个教师家庭，先后就读于城南小学（外祖父王逸旦捐资首创）、南菁中学（外叔公王心农曾任校长）。十五岁时发起创办文学刊物《曙光》并任主编。十七岁入大学攻读文学，投身爱国学生运动，后转学新闻（新华社新闻训练班）。十九岁起，长年从事美术编辑出版工作，同时撰写评论。四十岁以后投入诗词、书法创作。历任人民美术出版社副总编、编审委员会主任，中国书法家协会副主席、代主席、主席。全国政协委员、中国文联副主席。现任中央文史馆馆员、中国书法家协会名誉主席、中华诗词学会名誉会长、中国国家画院书法篆刻院院长、中国美术出版总社顾问，并兼任多种社会职务。

书法精行草，善隶楷，老年致力于书法高研人才培养，制定并贯彻十六字方针："宏扬原创，尊重个性，书内书外，艺道并进"。提出中国书法可持续发展的理念。古典诗词创作发表达千首。撰写评论文章约二百篇。先后出版诗词选集《三馀吟草》《三馀续吟》《三馀再吟》《三馀笺韵》《三贤集》（参选一百首），评论文集《书画论评》《沈鹏书画谈》《沈鹏书画续谈》《书法本体与多元》及各类书法作品集《古诗十九首》《徐霞客歌》等凡五十余种。荣获"卓有成就的美术史论家"、"造型艺术成就奖"、"中国书法兰亭奖"终身成就奖、"全国第三届华夏诗词奖"荣誉奖、"中华艺文奖"终身成就奖、"中华诗词"荣誉奖、联合国Academy"世界和平艺术大奖"等，并获得"十大感动诗网人物"、"编辑名家"、"爱心大使"、"中国十大慈善家"、"中国十大魅力英才"等荣誉称号。热心公益事业，捐献家乡全部房产。设立四处基金会。长期大量捐款，向五处捐赠个人优秀作品以及捐赠名人字画、文物等。

2019年3月

总　　序

　　我们这个诗歌大国有一个很好的传统，历来注重"采诗"、搜集整理诗歌材料。作为唯一的全国性诗词组织的中华诗词学会，自1987年5月成立以来，就十分重视这项工作。学会每年的学术研讨会和历届"华夏诗词奖"，都出版论文集和获奖作品集。纪念学会成立二十年、三十年时，还专门编辑出版了《大事记》《论文选集》《诗词选集》。《中华诗词》创刊以来，每年都制作年度合订本。2007年5月，在北京天识东方文化艺术传播有限公司的资助下，以近代以来诗词创作、诗词理论、诗词运动重要文献汇编，当代名家个人作品专集等为主要内容，出版了《中华诗词文库》。经过十来年的编辑整理，已经出了近百卷。这些诗集、文集的出版，记录了近百年来尤其是改革开放四十多年来，中华诗词从起步、复苏走向复兴的砥砺前行的历程，为近、当代诗歌史的撰写准备了丰富的资料。

　　党的十八大以来，中华民族优秀传统文化重新受到应有的重视。习近平总书记《念奴娇·追思焦裕禄》词和《军民情》七律的相继发表，引领中华大地诗潮滚滚而来。《中共中央关于繁荣发展社会主义文艺的意见》和中办、国办《关于实施中华优秀传统文化传承发展工程的意见》，都明确提出"加强对中华诗词、音乐舞蹈、书法绘画、曲艺杂技和历史文化纪录片、动画片、出版物等的扶持。"国家教育部组织制定由中华诗词学会起草的新中国语言体系中的新韵书《中华通韵》已经通过国家语言文字工作委员会语言文字规范标准审定委员会审定,即将颁布全国试行。这些都使我们真切地感受到,中华诗词的春天真的到来了。诗人们乘着骀荡春风,正以高昂的激情,书写着中华民族伟大复兴的新时代、新史诗,国家富强、民族振兴、人民幸福的中国梦;正以与人民同呼吸、共命运的诗人之心,对人民的欢乐、人民的忧患、人民的情怀给以诗意的表达;正以"美"或"刺"的诗人之笔,对市场经济大潮中人民对幸福生活的期待,对美好未来的希望,对假丑恶的深恶痛绝,或给以方向,或给以赞美,或给以鞭挞。正如习近平总书记所指出的:"好的文艺作品就应该像蓝天上的阳光、春季里的清风一样,能够启迪思想、温润心灵、陶冶人生,能够扫除颓废萎靡之风。"

  当前,传统诗词创作者和诗词爱好者队伍发展迅速,已超过三百万。每天创作的诗词作品超过唐诗、宋词、元曲的总和。诗词评论研究队伍也成长很快,诗词评论、诗词学、诗词创作理论研究成果丰硕。如何从浩如烟海的诗词作品中"淘"出优秀作品,并使之存下来、传下去,如何使诗词研究理论成果"面世"并发挥应有的指导作用,确实是摆在我们面前的无可回避的一个重要课题。中华诗词学会是一个没有国家编制,没有国家拨款的社会团体,事业的运转主要靠社会赞助和会员费支撑。俊识(北京)文化传媒有限公司总经理吕梁松、北京采薇阁总经理王强,两位一直是对中华传统文化情有独钟的热心人,慷慨解囊,愿意同中华诗词学会一起,搜集整理编辑推出《中华诗词存稿》这套书,共同为中华诗词文化的继承和发展,做成这件十分有意义的事情。

《中华诗词存稿》主要搜集整理出版三部分内容的资料：一是当代诗词名家的个人作品集；二是当代诗词评论家、诗词学者的学术著作集；三是当代诗词作品、诗词理论学术成果阶段性、专题性、地域性的集成类作品集。诗词作品强调精品意识，沙里淘金，把"有筋骨、有道德、有温度"的优秀诗词作品搜集起来。诗词评论、研究类资料强调理论性和创新性，应具有鲜明的个性特点，具有创建性的见解。集成类的资料应有一定的史料保存价值。总之，做成一套具有当代价值和历史意义的好书。在此，我们编委会人员，向提供资料、筛选编辑、版面设计、校对勘误，包括所有为这套资料付出辛勤劳动的同志们，表示真诚的谢意！

郑欣淼

二〇一九年七月于北京

诗兴心语

自 序

  天气乍暖还寒,最难受的莫过于"闷"。闲来读杜甫《解闷十二首》,有些历史背景与人名不曾熟记,觉着费力。在杜甫,信笔所之,解释闷怀,对我却难做到。倒是再次接触十二首中名句"陶冶性灵存底物,新诗改罢自长吟"引起一番思索。

  陶冶性灵,莫过于诗。在作者为"言志",在读者为"陶冶性灵",促进人的变化气质,精神升华,虽然各门文艺无不如此,诗的特殊效应绝不能忽视,由诗的特长与民族文化历史造成。

  "新诗改罢自长吟",这是异常美好的境界。作一首新诗,反复修改,直到满意,怡然自得,于是吟诵不已,享受着自我实现的旷达、闲适、自得。"改罢",其实也有相对性。改,吟,再改,再吟……直到满意为止。"满意"也有相对性,才推动了事物的前进。"两句三年得"并不过分。有位诗友告诉我,有"诗囚"一词,与苦吟相连,又同孟郊、贾岛相关。有人以"诗囚"为乐。从字面看,"诗的囚徒"不免过苦。倘以苦为乐,乐自苦中得来,也未尝不可。在特定条件下,"苦"与"乐"原来可以成为统一体的两个互相转化的方面。文天祥"哀哉沮洳场,为我安乐国"是特殊情况下极高的境界,写出了不朽的《正气歌》。

  写诗结集,检阅既往成绩打上一个句号。在我先前有过冠以"三馀"二字的"吟草""续吟""再吟"面世,如今总合2012年起到2018年止七年间的250馀首诗词编成《三馀长吟》,"长"字与前面的"续""再"呼应,取了杜老"新诗改罢自长吟"的意境。论年龄,是八十一岁以后的作品。人到这年纪,一般来说,有了更多的积淀,应当更成熟，更深邃，有自我特色。2013年春，我到台湾、海南、三亚，兴致勃勃写下了日月潭、北回归线、鹿回头、天涯海角等系列诗作，许多作品在边游边行中有感而发。古人于泽畔、舟中、马上，于登高，临水以至流浪寄寓……，只要有丰富的生活，潜在的素质，都可以吟出发自内心的佳作。

不意2013年春畅游之后，得了一场不轻的疾病。医生说要做外科手术名曰"微创"，看这两个字，我松了一口气，想大概不过如此。可是名实难副，尤其手术之后的内科治疗，延续半年以上使我自幼病弱的身体雪上加霜。我不堪设想病愈之后会是什么模样，常常自问"我还能像以前那样把握手里的硬笔和软毫吗？"住医院期间，看到报载史家小学六名小学生发现六颗小行星，顿时感到兴趣，童心勃发，勉力调动迟钝的思维能力，控制颤抖的手写下了一首七绝。再有《霍金》（七律）是住院时写的另一首诗。霍金一向是我最敬佩的全人类的智者，"轮椅推进古时空"，像他这等人物思考问题肯定不限于"专业"范围，他告诫地球人：如果不逃离脆弱的地球，我们将无法生存千年。他说出了我潜意识中存在而说不出的话。我写下了"人类伊甸千载近，关怀运命发忧忡"作为《霍金》一诗的结句。

终年很少离开居室，贪眠之外抽出少量时间读与写，但总觉得"行路不远，颇厌闲居"（旧句），想来我是"坐井观天"了，可抬头看，见不着天，那只是白色的楼板，于是突然想到一句"坐井观天划地牢"，又常想这年是戊戌双甲子，七律结束时没有忘记"维新百日垂青史，曲折艰难民主潮"。戊戌政变有重要的历史意义，因遭受专制统治者镇压失败，而与辛亥革命成功相延续。有些人听到"改良"便认为不是真革命，这样的观点不是真正的历史唯物主义。可现在又有人一听到"政变"便惟恐不合时宜……我们真的该多读点书了。

　　我一直认为，对于创作者来说，生活无所不在，思想可以超越空间、时间，重要的是要对生活充满兴趣，爱惜。题材无分大小，思想的深度、广度才是决定性因素。回顾过去七年，我并不虚度，生活中的一些偶然事件会引发诗意。记得有一回就餐，面前纱窗上飞来一只蝉歇息，鸣声十分美妙，说不定与纱窗发生了某种共鸣吧！蝉的一生短暂，我替他担忧而发出"缘何芳翅独留寓，岂有疏桐违素心"的感慨，唐代李商隐的《蝉》开头便是"本以高难饱，徒劳恨费声"，也是同情蝉的身世，不过全诗借蝉表白自己清高廉洁："我亦举家清"。

　　目镜无意中遭到压损、扭曲。对时刻不离目镜的人来说免不得懊恼。读书暂时休止吧！闭目养神，想满屋满桌的书籍究竟有多少用处？"且将闲杂束高阁，斗室行空独运思"。给自己开个玩笑，解闷。明知"读书识字忧患始"，但不读书是不可能的。我写过"何尝烦乱离尘网，太过天真尽信书"（《奉和刘征'八十自述'》）。

　　长诗《放龟行》是生活里一件小事，趣事。家里养着一只绿毛龟，添了生趣，一日忽想，龟本在湖海中悠游，如今蜗居，不如放生吧！于是手提丝罗网，向目的地走去，一路上大受注目，有人赞扬龟的相貌奇特，有人猜想这龟肉能大快朵颐，都愿出高价购买，更有人紧跟我后，一旦我将龟放入江湖，立即捞走，我又想捐献有关部门，却遭到冷遇……无可奈何，可爱的绿毛龟仍旧随我回到故处，如同我的亲子一般。"五湖四海尽辽阔，可叹是处暂从容，暂从容！"重读三年前的《放龟行》，颇像一篇小杂文，说的是放龟，从一个侧面透视人情世态。杜甫有《缚鸡行》："小奴缚鸡向市卖，鸡被缚急相喧争。家中厌鸡食虫蚁，不知鸡卖还遭烹。虫鸡于人何厚薄，我斥奴人解其缚。……"这首诗在杜诗选本中不多见，杜甫的仁者之心跃然纸上。"不知鸡卖还遭烹"，我那绿毛龟如果放行，后果不会好到哪里。

说《放龟行》有点像小杂文，我于1996年写的《自三亚至海口汽车抛锚二十二韵》，也有人评论像小杂文。一辆名牌轿车抛锚，乘客纷纷议论指责，有谓"既是名牌何能坏，长年奔跑终身使"，我却站在"名牌轿车"的立场为他辩护："轿车听我转一语，尔为世人尽力矣！今日尔且事休整，有烦顾客劳步履。"轿车被人性化了，过度的劳顿让轮胎"薄如一张纸"，怎能忍心继续使用？

抒情言志始终是诗的本体的最重要特征。孔子教学生学诗，论诗的功能："可以兴，可以观，可以群，可以怨。迩之事父，远之事君；多识于鸟兽草木之名。""兴"，想象力；"观"，观察力；"群"，人际亲和力；"怨"，讽刺能力。以上既是学诗的受益，也可用于写诗者须具备的能力。"怨"，见不平之事，以公正立场给予抨击，发表议论。诗有"美与刺"之分，"怨"应该接近"刺"，没有这一个方面，诗的功能不完美。

《论语》又说诗"可以多识于鸟兽草木之名"，照此，诗还可以增加自然知识。这里所指离不开《诗经》从"关关雎鸠""参差荇藻"开头，不是有许许多多鸟兽草木之名吗？尽管如此，诗的主要功能不在于教人知识。"雎鸠""荇藻"围绕着追求"窈窕淑女"展开。前面说到有的诗可做杂文看，鲁迅的《自嘲》："运交华盖欲何求，未敢翻身已碰头……"便是一例。具有杂文意味的诗也是多样的。有些诗可作散文或当代历史看，如杜甫的"三吏""三别"，从不同角度浓墨疾书人民的痛苦，官吏的无情，战争的残酷……。白居易的长篇古诗《长恨歌》从记事角度看有点像短篇小说，叙杨贵妃天生丽质，受唐明皇专宠，然后乐极生悲，导致安史之乱，明皇出奔，贵妃惨死，以后又引出另一个太真，无限恩爱，终以"天长地久有时尽，此恨绵绵无绝期"结束。《长恨歌》寓抒情于叙事，以诗的格律叙事，转韵随内容有微妙变化，加强跌宕起伏之致。《长恨歌》终究以诗的情意为主导，为铺垫。

文艺各种体裁如同所有的事物一样个性中有共性，共性中有个性，所以能互相沟通。苏轼的《承天寺夜游》最多不过一百字，抒情，写景，淡泊空灵，远离人寰而富人情味。这《夜游》也无妨当作诗来看。读起来极其轻松自如，有节奏感。诗一般少不了押韵，但我体会节奏感更重要，无论是否押韵或运用平仄。节奏在生活中无所不在，日月交替，四季轮回，人体循环活动……节奏是生活中存在的美，艺术的节奏美是生活中节奏的抽象规范，美化。音乐中的七个音符可以比作书法的"永字八法"。由基本的乐音、笔法形成节奏，可贵在于有了运动感，贯穿着气韵，由局部到全体，发展为小品直至规模宏大的交响乐或者巨幛长卷的书作。艾青的白话长诗《大堰河——我的保姆》真实描述一个农家妇女平凡、朴实、高尚的形象，十一段，每段字数不等，没有押韵，全靠散文式的文字展开，跌宕中有严密的联系，有若干两个字到四个字的词句排比，呼应，形成节奏，大大加强了抒情色彩，发挥诗的语言魅力。节奏感构成诗的形式美，体现特定的内容。节奏是诗的内容的节奏，内容是诗的节奏的内容。贯穿在诗的全体到局部。不仅前面例举的文言《承天寺夜游》有节奏与诗感，哪怕好的白话散文也可以作如是观，读起来觉得其中暗藏着诗的语言、意境——无论新体诗或格律诗。

我从不惑之年开始写格律诗，起点不早了。在此以前，生活阅历与读书知识的积累不算丰富，我自少年时代学中国画，虽然爱好，但是束缚于临摹《芥子园画传》不免厌倦，以后长期做美术编辑出版工作，写评论顺理成章。儿童时期就喜欢读格律诗，缺少旧时教育那份背诵苦读的功夫。写格律诗，应与我的书法创作有密切因缘。我不能满足于在古人诗文里讨生活。"书，心画也"，诗又何尝不是？一幅完美的自作诗书，便是特定的自我写照，与读者进行心灵的交流。一旦进入诗词创作，我觉得只要真情饱满，笔底烟云自然生起。基本功夫靠边干边学。凡是过去学到的东西，不期而然吸附到诗里，如磁石吸引铁屑，只要能够为我所用。

新诗，少年时代写过一些，以后较少涉足。2016年初忽然从报上看到"引力波"的消息：两个黑洞，合成六十二个太阳质量；还有三个，啊！不到一秒钟掉在无穷空间里，好似一滴水，时空的涟漪，经历十三亿年飘移到地球。这项消息极大地引起我的好奇心，想象力，这回，很快写成一首新诗《引力波之歌》，刊发以后，有位热情的好友点赞，说我懂得专业甚至比物理学家还要多。唉呀，哪里的话？我仅仅采取眼前所能见到一些资料凭着粗浅的理解信手写成。最最重要的是好奇，想象，充分运用白话诗的语言。一边写着，我觉得自己像初生婴儿，又俨然好似大科学家。

事后想，这些年习惯写格律诗，为什么这次来了改变？这样的选择在当时顺水推舟。现在我站在理性又是直觉的观念看问题，"引力波"这样的内容，要纳入五言、七言的诗句里比较困难，许多单词有三个字或更多，还有一些外语专门名词，难以溶入。再说，这个题材很新颖"现代"，应当是我从潜意识中一开始就酝酿新体诗的原因。

上世纪八九十年代出国，多接触未经阅历的文化古迹，风物人情，除此以外我也不放弃一般旅游团体鲜为涉足的地方。1999年五十天内在美国留下十八首诗词。雷诺赌场，华尔街股市，我当作整个社会的缩影,"雷池外,虎噬鲸吞。所幸多当铺(指股市周边),任凭囊底无存!"在赌场,一名招待员为吸引我们投入,居然用华语说出一番荒唐话:"这里比获得诺贝尔奖金强得多!诺奖才多少美元,这里超过百倍千倍。为诺奖苦一辈子得不到的,在这里马上到手!"哈哈,他如此这般揣摩着知识分子的"心理"!

到泰国看人妖表演,我绝无猎艳低下的心态。那些贫困的良家子弟,经过畸形手术,生理心理受到严重摧残,怎么能够设想"有的人妖比美女还要漂亮?"人性的"真""善"遭到践踏毁弃,还有什么"美"可言!耍弄"人妖"十足是对真善美的玷污。《鹊桥仙·人妖表演》,我是以这等心态写下的。

2016年写的《临江仙·有油画山寨恶搞蒙娜丽莎》,看题目大体明了。恶搞达·芬奇名画蒙娜丽莎的举动,早已层出不穷,这回又有美国某教授别出歪邪。我的结句是:"咱们点燃圣火:供蒙娜丽莎!"糟蹋蒙娜丽莎,同前面提到的耍弄"人妖",从本质上看,都是人性丑恶的反映,社会乱象的回照。

至此,连同写赌场、股市都运用了词的形式。词与诗抒情写意的本质相同。词为广义的诗,往上推,乐府;往后延申为曲,都配以音乐。词的初期与近体诗很接近。到全盛时期拉大了距离。王力将词定义为"一种律化的、长短句的、固定字数的诗",将词与诗的形式作了区别。从辩证的观点看,第一,这样的区别应属外部形式,有别于内部形式。第二,外部形式影响内容也能对内容起反作用,但是有限,对内容起反作用的主要是内部形式。当诗词合称为一种艺术,有共性。但是"诗""词"分开,则各有其个性,当然离不开共性。形式与内容互相制约,互相渗透,而外部形式与内部形式也有互相制约与渗透的关系。一种词牌,可以填写出无数不同内容,但词牌(外部形式）的选择与内容不见得完全无关。《满江红》未见婉约，《钗头凤》难入豪放。至于内部形式，虽然受到外部形式一定的制约，但是用韵、节奏感、音乐感等构成形式诸要素的本质联系，与内容统一不可分割。

王国维《人间词话》："词之为体，要眇宜修，能言诗之所不能言，而不能尽诗之所能言。诗之境阔，词之言长。"其中"境阔"与"言长"也有相对性。诗，词的抒情、言志、写意根本上是一致的。王国维的论述，道出了词的特点，又在与诗的比较中指出各自的个性及共性，既指向形式又指向内容。好的作品充满高尚情操，凝聚着高度思想性和深广的人生境界，在诗化的语言中追求个性的自由表达。唐诗五绝《登鹳雀楼》（王之涣），长篇七古《春江花月夜》（张若虚）都受外部形式与内部形式的约束又发挥其所长，各自达到了顶端。

本书积七年驽力，于诗歌海洋中芹献一粟，就教于同好暨广大读者。菁芜优劣暂所不计，需经过历史的考验。日忽忽其将暮兮！珍惜时光是第一要务。我自问有愧先辈积学大儒，但只要一息尚存，还会保持一片尚未泯灭的童心与诗性。

以上，是为自序。

2019年3月于介居

浪挟天风曲未终

——《三馀长吟》序

"浪挟天风曲未终"一语出自沈鹏先生之七言绝句《聂耳诞辰百年》，全诗为：

> 呐喊强音振聩聋，救亡崛起众劳工。
> 纵身大化洪波里，浪挟天风曲未终。

全诗大音镗鞳，气吞虹蜺。读来云垂海立，欻野喷山。其扛鼎之笔力，磅礴之气势竟出自一耄耋老人之手，不得不令人由然而生敬意。古人曰"诗如其人，人如其诗"。诗中所云者聂耳，但又何尝不是先生精神人格之生动写照。聂耳当年以一首《义勇军进行曲》名动华夏，激荡人心。其醒世之功，复以国歌之名流芳百世。而今日先生以一笔出神入化之草书独步天下，罕见其匹，便称之曰国书，想来亦不为过也。先生书名享誉中外，以至于盖过了先生诗名。故时人皆知先生之书，而少谙先生之诗。其实先生之诗一如其书，且有过之而无不及。综览先生所作，非但出句新奇，风格高峻；而且内涵丰富，寓意深远。能予人思考，启人心智；能拓人胸襟，开人眼目。诵之则神完气足，清音绕梁；品之则韵味真淳，馀香飘缈。捧读良久，不忍释卷也。试读其：

遇家乡老将军

> 白首功名旧战场，吾乡红豆亦戎装。
> 长江滚滚淘遗垒，不废南针向大洋。

将军一生戎马，百战凯旋。去时青春年少，归来白发苍颜。今日战地重游，面对萧瑟故垒，再忆及昔日烽烟，将军自然感慨万端。而先生并未过多着墨于将军之军旅生涯，而更多的是将自我之体悟借将军之遇伺机托出。一如晋人陶潜所言："著文章自娱，颇示己志"（《五柳先生传》）。诗中借故乡名产红豆道出今昔社会之巨变，再用滚滚长江奔腾不息凸显改革洪流之不可阻挡与中国崛起于世界之时代蓝图。如此描摹已尽显先生之开阔视野和宽广胸襟。再读其：

跋西南联合大学罗庸撰《闻一多生平事略手稿》

墨迹无多血迹多，决冲死水起沉疴。

学人风骨诗人怒，追祀英灵继九歌。

罗庸为著名古典文学专家。曾任西南联大教授，勤于治学，著作等身。闻一多被刺身亡，罗庸先生代表西南联大闻一多教授丧葬抚恤委员会主笔撰写了追悼会祭文《国立西南联合大学闻一多教授生平事略》。不料手稿遗失多年，后由闻一多研究会专家汪德富先生访得，并由中国荣宝斋出版社影印出版。该诗即为先生当日应邀为本书而作。闻一多忠诚报国，血溅当场。引得群情激愤，学潮四起。"墨迹无多血迹多，决冲死水起沉疴"两句，即写当年闻一多被暗杀一案。继而先生又用"学人风骨诗人怒"来赞美闻一多"举世皆浊我独清，众人皆醉我独醒"之学人风骨与爱国情操。此句最为出彩，堪称诗中之眼。先生于煞拍处更以屈原追祀神灵之《九歌》来缅怀英灵，由此可见先生对闻一多之景仰已非同寻常。宋人欧阳修曾于《诗本义·本末论》中言道："诗之作也，触事感物，文之以言。善者美之，恶者刺之，以发其揄扬怨愤于口，道其哀乐喜怒于心，此诗人之意也。"信然！

山川形胜，溪桥野店皆世上美景，人恒爱之。亦诗骚之源，清怀所系也。先生胸藏丘壑，笔带烟霞；平日里传经布道，萍踪四海。忙碌之余，亦喜访幽揽胜，载酒踏青。绵山地处太原之西，汾河之南，为春秋名士介子推隐居之所。推昔年从晋文公出亡凡一十九年。文公复国为君，推拒封爵，与母隐于绵山。文公求之不出。遂焚山以逼之，推与母竟抱木而死。文公愧甚，遂改绵山为介山，并立庙祭祀，举国禁火，遂有"寒食节"之由来。先生由感于斯，乃作诗以纪之。

绵山介子推遗事

归隐求贤心两猜，焚林抱木竟谁来？
绵山自有精神气，松柏青苍傲劫灰。

先生诗中所言便是介山之来龙去脉。以先生之见，子推一事，君臣二人均失之太过，以至酿成大错，追悔莫及。于先生眼中绵山早非寻常之山，乃具精神气概、忠诚勇毅之人文名山。得"绵山自有精神气"一句，则全诗诗格顿高，境界顿开也。先生之作时在转合处发力，此当属一例。信是苍松翠柏亦得子推烈士精忠之陶冶而傲然于世，千年不改其色也。先生另有一首山水诗，风格内涵均大相径庭，请读其：

日月潭

浩天日月两跳丸，人境瑶池日月潭。
地底横流喷狱火，山间明镜泛兰船。
晨昏胞族劳工泪，风雨碉楼寇迹斑。
相问旅程何所寄，同根两岸共婵娟。

日月潭为宝岛台湾之著名景观。四周群山葱郁，重峦迭嶂；潭中碧波澄澈，白鸥出没。每当夕阳西下，新月东升之际，看山水相映，赏日月同辉。整个如诗如画，恍入仙境一般。先生思维跳跃，发而为诗故常有奇想。由日月二字先生忽起日月更替，疾如跳丸之念，如此切入便有了一语双关之妙。接下之"地底横流喷狱火，山间明镜泛兰船"之描写，一追日月潭之肇始源流，二述日月潭之今日风光。皆出句大胆，眩人眼目。最要紧在转合之间，先生用劳工血泪，风雨碉楼揭露了宝岛在日寇蹂躏之下的生存状态。最后结于两岸同根，婵娟千里之美好愿景。全诗层次井然，情景交融；境界高远，寄慨遥深。先生功力之老辣皆在一收一放之间也。

先生晚年虽然深居简出，埋首书斋。但于家国大事，百姓民生，先生依然"风声雨声读书声、声声入耳；家事国事天下事、事事关心"（明·顾宪成）。如神舟九号升天，先生欢呼雀跃，喜不自胜，当即挥毫成律，写下《神舟九号升天步霍松林先生之原韵》一诗：

  脚下珠峰南海洋，神州巨臂托新航。
  逍遥一箭转昏晓，踊跃三军射九阳。
  威胁妄言鸦雀噪，韬谋武略路途长。
  盘宫击壤欣吾土，落地齐亲拥故乡。

先生以浪漫主义手法，以奇思飞越、灵光闪动之笔触，将自我置身于神舟之上，翱翔于九霄云外。转而鹤背回眸，俯瞰人间，则珠峰南海、大漠雄关均在先生脚下也。如此造景，则如有神助也。"景有神遇，有目接。神遇者，虚拟以成辞，屈宋以下皆然，所谓五城十二楼，飘渺俱在空际也"（清·乔忆《剑溪说诗》）。诗中颔联"逍遥一箭转昏晓，踊跃三军射九阳"不仅对仗工稳，语言凝练，而且浮想联翩，翻新出奇。如天马行空，奔腾无碍。先生更用"神州巨臂托新航"一词来比喻神州之繁荣昌盛与众志成城。先生之爱国热忱、拳拳之念早已跃然纸上也。再读其：

起 舞

夜半荒鸡非恶声，祖生起舞警同朋。
兴衰天下匹夫责，壁上龙泉异气腾。

此诗脱胎于《晋书·祖逖传》之闻鸡起舞一典。史载：初，范阳祖逖，少有大志，与刘琨俱为司州主簿。同寝，中夜闻鸡鸣，蹴琨觉曰："此非恶声也！"因起舞。先生有感于此，又联想至"天下兴亡，匹夫有责"之经典古训，不由豪气顿生，铿然出剑，欲学祖生起舞也。先生用"壁上龙泉异气腾"来勉励自己，尽显其"烈士暮年，壮心不已"之霜鬓铁心与晚晴豪迈也。

拂簟看花落，开帘待燕归。春兰秋菊，白雪红云。先生吟笔醉茵，耽诗赏月皆有所思、有所感、有所悟也。先生《秋晚闲吟二十首》首首精彩，句句清雅。读来芳香四溢，沁人心脾。试读其：

竹

日照晶帘影，天然一画图。
夜来收卷去，皓月又扶疏。

诗写先生居所日夜景观之变化。日上则红光满室，帘影参差。夜来则皓月当空，清辉淡远。此寻常景致，随处可见。时人熟视无睹，早已不觉稀奇。唯先生体察入微，匠心独具，能于最不经眼处了然诗美，寄情于物。更有甚者，虽诗名曰竹，而通篇却不见一枝一叶，唯结拍处"扶疏"二字可见摇曳之竹影。如此构思正可见先生之灵心慧性与不拘一格也。盖竹诗几被前人写尽，后人再写便很难出新，故先生另辟蹊径，再开洞天也。先生另有一首贺好友宝石婚之七律亦别有情趣。

贺马凯、袁忠秀同志红宝石婚

最难风雨两心同，剔透晶莹老更红。

鸟有凤缘终比翼，树成连理便凌空。
新诗膝下绕清趣，故友樽前寓意浓。
白首宁移人益壮，修名当立彩霞中。

马凯先生与袁忠秀女士喜结秦晋四十载，两人种玉吹箫，琴瑟和鸣；举案齐眉，相敬如宾。人间佳偶，一时传为美谈也。先生闻之，亦不由喜上眉梢，诗兴大发。诗中言语充满对友人美好姻缘之良好祝愿与由衷赞美。"鸟有凤缘终比翼，树成连理便凌空"一联源自白乐天先生诗中之名句"在天愿作比翼鸟，在地愿为连理枝"。先生取法于斯，似又别出心裁，巧夺天工，可谓化典无痕之佳构。再读其：

《题<中华辞赋·校园诗赋>》

校园文化别抽枝，屈子风骚李杜诗。
时代精英抒浩气，少年中国发宏词。
牡丹荆棘天然美，黄雀苍鹰各异姿。
赋得四声除八股，古云唯俗至难医。

近年，中华传统文化如海潮翻滚，强势回归。黄钟大吕，穿云裂石；诗词曲赋，动地惊天。先生乃中华诗词学会名誉会长故于诗词形势尤为关注。得悉《中华辞赋》将开辟"校园诗赋"专栏，先生倍感欢喜，于是欣然命笔。先生从屈子李杜说起，是谓传统经典生生不息，一脉相承。而"校园诗赋"专栏之开办，无疑是杏坛老树，又发新枝。"少年中国发宏词"一语乃先生由梁启超《少年中国说》一文中化出。文曰："少年智则国智，少年富则国富，少年强则国强。"梁启超之远见卓识对于今日中国而言，仍可资借鉴并极具现实意义。如此引申堪谓恰到好处，语重心长。最后诗可医俗之心得是先生于读诗一道最精辟之论断。

其他如："诗无达诂偏求甚，事有固然曾未休"（《壬辰感事》）。"朝歌若许关民瘼，夕惕须能解众酲"（《阴晴》）。"怅行迹，抚床席，总离分。卧看丘山思绪欲穿云"（《相见欢·旧游小园》）。"身细难从语冰雪，声清且与乐焦琴"（《鸣蝉小憩纱窗》）。"花也无幽隐，落英犹可餐"（《菊》）。"才惜秋光老，骤迎冰雪寒"（《雪》）。"浪花点点白鸥浮，欲上青云结伴游"（《台北至花莲途中》）。"东宁才子竹枝韵，便是当年淑女身"（《泰雅族老妪雕像》）。"看似鲜花非是花，乱人耳目杂泥沙"（《见假花中掺饰真花》）。"助我临池通海岳，慕君落纸散云烟"（《酬刘征赠"碧海星天"砚》）等等。或造理、或达情；或辽远、或俊深。皆思绪缜密，感情饱满；笔致洒脱，意蕴深广。真个是万红千紫，异彩纷呈。读来如行云流水，一气贯注；赏之则两腋生风，痛快淋漓。

"好诗不厌百回读，熟读深思子自知"。读先生诗便有此感也。只是集中佳作无数，限于篇幅，无法一一析解，只能略举数则，与诸君共享。"退山言作诗者，固当出之以性情。尤当扩之以才识，涵濡蕴蓄，更当俟之以火候，三者不至，不可以言诗"（清·黄宗羲《钱退山诗文序》）。诚哉斯言！先生学识渊雅，著述丰宏；宅心仁厚，虚怀若谷。有箕山遗绪，承颖水风骚。令诗书两界一致推崇，高山仰止。《三馀长吟》付梓前夕，编辑同仁嘱撰斯文，聊抒观感。只是力有不逮，深恐难得先生意旨于万一，唯略表葵藿之念于寸心尔。

林峰 谨识

戊戌小年于京东一三居

（林峰：中华诗词学会副会长、《中华诗词》杂志副主编）

目　录

总　序 …………………………………… 郑欣淼（001）
诗兴心语　自序 ………………………………（004）
浪挟天风曲未终 ………………………… 林　峰（012）

得晚清内府一纸 ………………………………（001）
汉瓦当文字 ……………………………………（001）
有谓按现时标准，鲁迅位居处长级 …………（002）
壬辰龙年生育者众 ……………………………（002）
遇家乡老将军 …………………………………（003）
壬辰感事 ………………………………………（003）
聂耳诞辰百年 …………………………………（004）
阴　晴 …………………………………………（004）
跋西南联合大学罗庸撰《闻一多生平事略手稿》…（005）
桃　李 …………………………………………（005）
山西晋祠宋塑宫女 ……………………………（006）
友人索题梅 ……………………………………（006）
池　柳 …………………………………………（007）
黄河（二首）
　　（一）题邱阳画《黄河魂》 …………………（007）
　　（二）壶口瀑布 ……………………………（007）
读李汝伦诗 ……………………………………（008）
绵山介子推遗事 ………………………………（008）
寄青岛聂绀弩《马山集》研讨会 ……………（009）
挽周汝昌先生 …………………………………（010）
黄庆国君为余塑像并嘱书绝句 ………………（010）

神舟九号升天步霍松林先生之原韵⋯⋯⋯⋯⋯⋯⋯⋯⋯（011）
溽　暑⋯⋯⋯⋯⋯⋯⋯⋯⋯⋯⋯⋯⋯⋯⋯⋯⋯⋯⋯⋯（012）
相见欢·旧游小园⋯⋯⋯⋯⋯⋯⋯⋯⋯⋯⋯⋯⋯⋯⋯（012）
夜　坐⋯⋯⋯⋯⋯⋯⋯⋯⋯⋯⋯⋯⋯⋯⋯⋯⋯⋯⋯⋯（014）
小重山·游湖⋯⋯⋯⋯⋯⋯⋯⋯⋯⋯⋯⋯⋯⋯⋯⋯⋯（014）
纪念潘絜兹先生⋯⋯⋯⋯⋯⋯⋯⋯⋯⋯⋯⋯⋯⋯⋯⋯（015）
鸣蝉小憩纱窗⋯⋯⋯⋯⋯⋯⋯⋯⋯⋯⋯⋯⋯⋯⋯⋯⋯（015）
八十一感怀⋯⋯⋯⋯⋯⋯⋯⋯⋯⋯⋯⋯⋯⋯⋯⋯⋯⋯（016）
莲池泛舟⋯⋯⋯⋯⋯⋯⋯⋯⋯⋯⋯⋯⋯⋯⋯⋯⋯⋯⋯（016）
中秋夜思⋯⋯⋯⋯⋯⋯⋯⋯⋯⋯⋯⋯⋯⋯⋯⋯⋯⋯⋯（016）
观京剧《范进中举》赠张建国君⋯⋯⋯⋯⋯⋯⋯⋯⋯（017）
杭州湾湿地公园⋯⋯⋯⋯⋯⋯⋯⋯⋯⋯⋯⋯⋯⋯⋯⋯（017）
故乡行⋯⋯⋯⋯⋯⋯⋯⋯⋯⋯⋯⋯⋯⋯⋯⋯⋯⋯⋯⋯（018）
黄炎培先生哲嗣方毅君嘱书大字"周期律"⋯⋯⋯⋯⋯（019）
目镜遭压损⋯⋯⋯⋯⋯⋯⋯⋯⋯⋯⋯⋯⋯⋯⋯⋯⋯⋯（020）
步刘征兄《隐忧》⋯⋯⋯⋯⋯⋯⋯⋯⋯⋯⋯⋯⋯⋯⋯（020）
秋晚闲吟（二十首）
　　（一）竹⋯⋯⋯⋯⋯⋯⋯⋯⋯⋯⋯⋯⋯⋯⋯⋯⋯（021）
　　（二）菊⋯⋯⋯⋯⋯⋯⋯⋯⋯⋯⋯⋯⋯⋯⋯⋯⋯（021）
　　（三）橘树⋯⋯⋯⋯⋯⋯⋯⋯⋯⋯⋯⋯⋯⋯⋯⋯（021）
　　（四）荷塘⋯⋯⋯⋯⋯⋯⋯⋯⋯⋯⋯⋯⋯⋯⋯⋯（021）
　　（五）桃树⋯⋯⋯⋯⋯⋯⋯⋯⋯⋯⋯⋯⋯⋯⋯⋯（021）
　　（六）桂树⋯⋯⋯⋯⋯⋯⋯⋯⋯⋯⋯⋯⋯⋯⋯⋯（022）
　　（七）雪⋯⋯⋯⋯⋯⋯⋯⋯⋯⋯⋯⋯⋯⋯⋯⋯⋯（022）
　　（八）云⋯⋯⋯⋯⋯⋯⋯⋯⋯⋯⋯⋯⋯⋯⋯⋯⋯（022）
　　（九）雨⋯⋯⋯⋯⋯⋯⋯⋯⋯⋯⋯⋯⋯⋯⋯⋯⋯（022）
　　（十）蟋蟀⋯⋯⋯⋯⋯⋯⋯⋯⋯⋯⋯⋯⋯⋯⋯⋯（022）
　　（十一）蝉⋯⋯⋯⋯⋯⋯⋯⋯⋯⋯⋯⋯⋯⋯⋯⋯（023）
　　（十二）迎春⋯⋯⋯⋯⋯⋯⋯⋯⋯⋯⋯⋯⋯⋯⋯（023）
　　（十三）枫叶⋯⋯⋯⋯⋯⋯⋯⋯⋯⋯⋯⋯⋯⋯⋯（023）

（十四）梧　桐 …………………………………………（023）
　　（十五）白　杨 …………………………………………（023）
　　（十六）银　杏 …………………………………………（024）
　　（十七）月　季 …………………………………………（024）
　　（十八）落　叶 …………………………………………（024）
　　（十九）秋　阳 …………………………………………（024）
　　（二十）秋　声 …………………………………………（024）
闻吴江大兄仙逝急就 ……………………………………………（025）
"末　日" …………………………………………………………（026）
晓川诗兄嘱句贺岁 ………………………………………………（026）
一九四九年十月一日，余偕新华社训练班同学，
　　由上海抵达北京，仰立天安门前 …………………………（027）
台湾行（六首）
　　北京至台北机中口占 ……………………………………（027）
　　台北至花莲途中 …………………………………………（028）
　　弥　痕 ……………………………………………………（028）
　　泰雅族老妪雕像 …………………………………………（028）
　　过北回归线 ………………………………………………（029）
　　日月潭 ……………………………………………………（029）
三亚春节杂咏（七首） …………………………………………（030）
酬刘征赠"碧海星天"砚 ………………………………………（031）
若溪君编印拙书十条屏《杜甫咏怀古迹五首》，诗以为谢 …（032）
闻一多故乡携来巴河卵石 ………………………………………（032）
史家小学六名小学生发现六颗小行星 …………………………（033）
王亚平授课 ………………………………………………………（034）
霍　金 ……………………………………………………………（035）
欢乐颂中轴线 ……………………………………………………（035）
八二感怀（温故事） ……………………………………………（036）
读台湾诗人纪弦自画像 …………………………………………（036）
八二感怀（住医院） ……………………………………………（037）

秋　蚊	(037)
答诗友	(038)
岁暮忽念"悬案"	(038)
拜（二首）	(039)
马　咏	(040)
有　思	(040)
殇甲午海战	(041)
临江仙·步林岫君，余亦曾除目眚	(042)
江西共青城嘱句	(043)
江南好·题杨明义画	(044)
《书圣王羲之》电视连续剧开机口占	(044)
读《甲午殇思》	(045)
有索书法作品者	(046)
古运河	(046)
贺马凯、袁忠秀同志红宝石婚	(047)
纪念陈翰伯老师冥诞百年	(048)
读柳宗元《蝜蝂传》	(049)
八三感怀（二首）	(050)
观　景	(051)
重　阳	(051)
读杜牧	(052)
自　遣	(052)
附：步沈鹏兄《自遣》	(053)
有学者称人类在宇宙独一无二	(053)
故乡江阴记者答问六首	(054)
诗题电视纪录片《徐渭》	(055)
附：和沈鹏诗题电视纪录片《徐渭》	(056)
读晓川兄《影珠书屋吟稿》	(057)
莫言仁君枉驾得句	(057)
步晓川兄《读征公龙蛇集感赋》	(058)

附：周笃文《读征公龙蛇集感赋》………………………(059)
　　附：刘征：《答沈鹏、晓川仁君》………………………(060)
尚古书房《沈鹏诗钞》杀青……………………………………(061)
尤　物……………………………………………………………(062)
化　验……………………………………………………………(063)
笔　诗……………………………………………………………(064)
见假花中掺饰真花………………………………………………(064)
清明前五日遇雨偶作……………………………………………(065)
史家小学六名小学生发现六颗小行星…………………………(065)
酬吴为山君为余画《斥笔图》…………………………………(066)
题林散之致高二适诗卷…………………………………………(068)
贺刘征兄诗词研讨会暨诗书画展开幕…………………………(070)
　　附：和沈鹏诗《贺刘征诗词研讨会暨诗书画展开幕》…(070)
寄吴荫循、文椿君，高邮下放有思……………………………(072)
忆春（五首）……………………………………………………(073)
奉和马凯、周笃文诗兄迎四代会………………………………(074)
读烈士遗书八首…………………………………………………(074)
中秋夜口占………………………………………………………(079)
忆秦娥……………………………………………………………(079)
寒　蛩……………………………………………………………(081)
八四本命年………………………………………………………(082)
"不　明"…………………………………………………………(082)
宇宙中屡现与地球相类者………………………………………(084)
念焦裕禄…………………………………………………………(086)
黄君主办黄庭坚论坛，余未得参与……………………………(086)
节逢"小雪"……………………………………………………(087)
长相思・雾霾严重………………………………………………(087)
笃文兄莲峰宾馆晨眺六首，大佳也，欣为一绝………………(088)
放龟行……………………………………………………………(088)
猴年贺岁…………………………………………………………(092)

吴为山君画余遇一长老（二首）……………………（094）
屠呦呦等五位科学家获永久性小行星命名（三首）………（096）
猴年联句………………………………………………（097）
丙申元日女儿女婿微信贺岁…………………………（097）
引力波之歌……………………………………………（099）
水仙（五首）…………………………………………（104）
寄江油李白纪念馆……………………………………（106）
常　恐…………………………………………………（108）
纪念孙中山先生………………………………………（108）
人机大战二首…………………………………………（109）
致乡友…………………………………………………（110）
闲　吟…………………………………………………（110）
题李延声画伟大的先行者孙中山长卷………………（112）
残砖三首………………………………………………（114）
七一·忆沪上浦江……………………………………（116）
题胡卫民画人物………………………………………（116）
谒锐老归途步晓川兄韵………………………………（117）
纪念红军长征胜利八十周年延安美术馆嘱句………（117）
丁国成君见告新古体诗研讨会举办，得句求正……（118）
新　词…………………………………………………（120）
立　家…………………………………………………（120）
得晓川兄雁栖湖赋留影………………………………（121）
　　附：周笃文《雁栖湖读碑柬鹏老》……………（121）
八　五…………………………………………………（122）
闻四川村民送"不作为"锦旗有作……………………（124）
丛　花…………………………………………………（125）
盛兵君以爱女幼发制笔见赠…………………………（125）
生命礼赞………………………………………………（126）
江苏《乡愁》展录像访谈……………………………（127）
敬题陈独秀同志像……………………………………（127）

张肇达君赐画像 …………………………………… (130)
奉和马凯、晓川诗兄 ……………………………… (131)
鸡虫事感 …………………………………………… (131)
室内蝴蝶兰落尽又放 ……………………………… (132)
起　舞 ……………………………………………… (132)
江阴名冠全国百强，佳音频传 …………………… (134)
步黄君韵回赠 ……………………………………… (136)
贺中华诗词学会成立三十周年 …………………… (136)
戏为刘征兄斋号"六无居"作 …………………… (137)
袁熙坤君为余塑胸像 ……………………………… (138)
读晓川兄诗有"风驰高铁春生脚"之句 ………… (138)
柳絮对话 …………………………………………… (140)
过新华社训练班六十八年前香山旧址 …………… (142)
读鲁迅小说诗二十四首
　　《狂人日记》 ………………………………… (144)
　　《白　光》 …………………………………… (145)
　　《祝　福》 …………………………………… (145)
　　《孔乙己》 …………………………………… (146)
　　《阿Q正传》 ………………………………… (148)
　　《药》 ………………………………………… (150)
　　《风　波》 …………………………………… (150)
　　《在酒楼上》 ………………………………… (151)
　　《孤独者》 …………………………………… (151)
闻　雷 ……………………………………………… (152)
与叶廷芳兄议"残缺美" ………………………… (152)
诗为同门七子书展 ………………………………… (153)
庆贺南菁中学135周年 …………………………… (153)
中秋夜独步 ………………………………………… (154)
重九抒怀 …………………………………………… (156)
欧豪年书画展开幕志感 …………………………… (158)

闲吟二首 …………………………………………………… (160)
奇　痒 ………………………………………………………… (161)
题《中华辞赋·校园诗赋》 ………………………………… (162)
女儿海外来归 ………………………………………………… (163)
对联迎戊戌双甲子 …………………………………………… (163)
戊戌元日与友人通话（二首） ……………………………… (165)
感事有寄——用梁东兄韵 …………………………………… (166)
序　诗 ………………………………………………………… (166)
奉诗人节 ……………………………………………………… (167)
端午气候变异 ………………………………………………… (167)
唐玄宗端午宴群臣，赐诗探得"神"字（三首） ………… (169)
与顾明远并坐合影 …………………………………………… (170)
过五四运动赵家楼 …………………………………………… (172)
有议论王维官级者 …………………………………………… (172)
对　联 ………………………………………………………… (172)
临江仙·有油画山寨恶搞《蒙娜丽莎》 …………………… (174)
梁东兄置助听器得佳句，余和之（二首） ………………… (176)
题簠有作 ……………………………………………………… (177)
家人南行有寄 ………………………………………………… (177)
临池二首 ……………………………………………………… (178)
江阴介居书院成立祝词 ……………………………………… (179)
康熙等五代清帝各书一福字 ………………………………… (179)

后　记 ………………………………………………………… (180)

得晚清内府一纸

年深片羽敛奇光,朱印堂堂内府藏。

鱼网无辜皇气尽①,剡溪有幸圣恩扬②。

寿高千岁书今古,运厄前朝论短长。

毛颖春秋评月旦③,其兴也勃忽焉亡。

2012年1月

注:
①蔡伦造纸:以鱼网为原料之一。鱼网,代指纸。
②剡溪产藤可作纸。
③毛颖:古时笔以兔毫制成,有锋颖,故又称毛颖,唐代韩愈作《毛颖传》,以拟人之手法,郑重其事地为之立传。月旦:东汉末年许劭与其从兄许靖喜欢品评当代人物,常在每月的初一,发表对当时人物的品评,故称"月旦评"。

汉瓦当文字

福寿封侯宜子孙,败砖残瓦美皇恩。

纵令碾作尘灰去,不了情缘旧国魂。

2012年1月

有谓按现时标准，鲁迅位居处长级①

一勺分羹争处级，迅翁小吏差堪及。
再开左翼联盟会，若个高人方了得？

2012年1月

注：
①鲁迅曾供职于北洋政府，任教育部佥事，民国十四年（1925年），"女师大风潮"进一步升级，鲁迅因支持进步学生正义斗争被教育总长章士钊免除佥事职务。（参见王观泉《鲁迅年谱》，黑龙江人民出版社，1979年）。当代有人认为鲁迅当时行政级别，相当于处级干部。

壬辰龙年生育者众

望子成龙大有年，家风不绝系金銮①。
若云育女违初愿，十二生肖补凤仙。

2012年2月

注：
①金銮：金銮殿，皇帝座殿。

遇家乡老将军

白首功名旧战场,吾乡红豆亦戎装①。
长江滚滚淘遗垒②,不废南针向大洋。

2012年2月

注:
①江阴以产红豆著名。
②江阴黄山炮台。

壬辰感事

岂失馀情忘乐忧,万花筒里镜中浮。
诗无达诂偏求甚①,事有固然曾未休。
龙凤祉祥恭纳吉,儒生迂阔动言愁。
如何了得杞人虑,豪取地球分月球。

2012年2月

注:
①"诗无达诂":语出董仲舒《春秋繁露》卷五《精华》。原意为对于《诗经》自古无准确的训诂解释。后世又常被引申为诗歌审美鉴赏中存在的差异性。

聂耳诞辰百年[①]

呐喊强音振聩聋,救亡崛起众劳工。
纵身大化洪波里,浪挟天风曲未终。

2012年2月

注:
①聂耳(1912—1935),中华人民共和国国歌《义勇军进行曲》的作曲者。

阴　晴

阴晴寒暑孩儿面,喜怒哀伤俗世情。
昼夜交驰红与黑,烟霾驱息浊扬清。
朝歌若许关民瘼[①],夕惕须能解众酲[②]。
天下滔滔金玉贵,危言道义仰长星。

2012年3月

注:
①民瘼:民生疾苦。
②夕惕:日夜谨慎不懈怠,《易经·乾卦·九三》"君子终日乾乾,夕惕若厉。"众酲:众人皆醉;酲:《玉篇·酉部》"酲,醉未觉也。"

跋西南联合大学罗庸撰《闻一多生平事略手稿》①

墨迹无多血迹多，决冲《死水》起沉疴。
学人风骨诗人怒，追祀英灵继《九歌》。

2012年3月

注：
①罗庸（1900—1950），著名古典文学研究专家和国学家。曾任西南联合大学教授。闻一多先生被暗杀之后，罗庸先生代表西南联大闻一多教授丧葬抚恤委员会主笔撰写了追悼会祭文《国立西南联合大学闻一多教授生平事略》。手稿遗失多年，2009年由中国闻一多研究会专家汪德富于昆明旧书摊访得，后于2012年由中国荣宝斋出版社影印出版。

桃 李

暖春桃李溢芬芳，墙外数枝枯暗黄。
非是愚顽乖谬种，因循冷落悖无方。
挂花戴帽人收益，浇水施肥谁着忙？
强揠青苗勤助长，优昙一见也羞惶①。

2012年3月

注：
①优昙：即昙花。

山西晋祠宋塑宫女

殿檐飞䎖屈前倾①，似诉风霜雨电情。

玉立千年身未老，莲移寸步眼分青。

童心惑解庄严相，贞女参详仙圣型。

最是尘埃堆郁结，重重摧压不留停。

2012年4月

注：
①䎖：高飞，《说文解字·羽部》"䎖，飞举也。"

友人索题梅

不见寒梅影，但闻梅语馨。

清姿幽夜发，丽质冻云凝。

五叶舒花展，千程阻玉婷。

阑珊春意近，日暮起乡情。

2012年4月

池 柳

英姿勃发泥沙浅，冠大蓬松弹压多。
倾爱春池一泓水，折身其奈疾风何？

2012年4月

黄河（二首）

（一）题邱阳画《黄河魂》①

咆哮奔腾到眼前，黄流万里五千年。
狂涛协力丹青手，激荡鱼龙告九天。

（二）壶口瀑布

民族源流民族魂，几时河水浊清分？
奔驰代代无停息，万顷飞流拨日昏。

2012年4月

注：
①邱阳，当代油画家。

读李汝伦诗[①]

瘦绝惟风骨，功夫诗外诗。

冰霜遗大爱，荆棘蕴真痴。

涉世神灵忌，投毫鬼蜮眦。

疳翁逢地下[②]，歌哭雨飞丝。

2012年4月

注：
①李汝伦（1930—2010），中华诗词学会副会长。
②疳翁：诗人聂绀弩，自号疳翁。

绵山介子推遗事[①]

归隐求贤心两猜，焚林抱木竟谁来？

绵山自有精神气，松柏青苍傲劫灰。

2012年4月

注：
①介子推（？—公元前636年），又名介之推，后人尊为介子，春秋时期晋国（今山西介休市）人。传说介子推从晋文公出亡，凡十九年，文公还国为君，推不言禄，禄亦不及，乃与母隐于绵山，其后文公求之，不出，公复焚山以逼之，推竟抱木死。文公深为愧疚，遂改绵山为介山，并立庙祭祀，由此产生了"寒食节"（清明节前一天）。本诗不拘旧说写出了自己的见解。

寄青岛聂绀弩
《马山集》研讨会①

曾惊"砸烂"积年尘,独立金刚不坏身。

五味杂陈平仄调,大荒同厕马牛人。

高擎旗帜乌云乱,故作文章白日昏。

谋近若教轻远虑,秦灰前事乐因循②。

2012年5月

注:

①聂绀弩(1903—1986),新中国著名诗人、作家、古典文学研究家,著有《散宜生诗》《绀弩散文》《中国古典小说论集》等。诗风诙谐诡奇,幽默辛辣。《马山集》是聂绀弩的旧体诗小集,他自选自编,署名"疳翁",有一九六二年三月的小序,为手抄稿本。这份手稿在"文革"中与别的书刊一起被抄,辗转落入当时来京"串联"的青岛中学生陈博州之手。陈博州成年后,考证出此份手稿出自聂绀弩之手,撰写了一批研究性文章。2011年,陈博州将此份手稿与研究文章合编,成《聂绀弩〈马山集〉手稿研究》一书,自费在中国社会科学出版社出版。在出书的过程中,得到了沈鹏先生的鼓励赞助。

②秦灰:秦始皇焚书坑儒。

挽周汝昌先生[①]

由来一梦，宿世红楼梦中客，
已去空斋，当今脂砚斋主人。

2012年6月

注：
①周汝昌（1918—2012），红学家、古典文学研究家、诗人、书法家。

黄庆国君为余塑像并嘱书绝句[①]

风霜雷雨电，八秩弦飞箭。
世事杂纷陈，人生须直面。

2012年6月

注：
①黄庆国：当代雕塑家。

神舟九号升天
步霍松林先生之原韵①

脚下珠峰南海洋,神州巨臂托新航。

逍遥一箭转昏晓,踊跃三军射九阳②。

威胁妄言鸦雀噪,韬谋武略路途长。

盘宫击壤欣吾土③,落地齐亲拥故乡。

2012年7月1日

注：

①霍松林（1921—2017），陕西师范大学教授。

②九阳：天地的边沿。《楚辞·远游》："朝濯发于汤谷兮，夕余身兮九阳。"王逸注："九阳，谓天地之涯。"

③盘宫：盘古宫。盘古，我国神话中开天辟地首出创世的人。盘古宫，宇宙苍穹中盘古所居之处。击壤：相传尧时有老人击壤而歌。后成为歌颂太平盛世之典。此处击壤指飞船落地，同时一语双关。

溽　暑

溽暑阴霾六月天，甘霖点滴有无间。
小吞进口安眠药，不觉通宵淫雨篇。
帘静愧疏窗外客，心清暂享枕中仙。
邻翁谁与相呼饮？钻刺装修无日闲。

2012年7月

相见欢·旧游小园

小园几度迎春，记良辰。野草斜阳携卷掩柴门。　怅行迹，抚床席，总离分。卧看丘山思绪欲穿云。

2012年7月

小园几度送春。记良辰。野草斜阳揽卷掩柴门。恨行远。抚亲席。总离分。卧看丘山思绪谈穿云。丁酉书旧作 良鹏

书自作词《相见欢·旧游小园》

夜　坐

树影深深夜几重，轻调墨韵渐分浓。
繁星闪烁无言语，造化周行吐纳功。
数点风情窗蛊眼，大千世界梦归鸿。
清风吹拂微凉意，初日明朝浴海东。

2012年7月

小重山·游湖

四面垂杨深处鸣，昼蝉连一片、不暇停。画桡轻驾绕湖行①，鱼泼剌②，弹跳恨渔罾③。　　小避暑炎蒸，景区新打造、赏心行。湖山处处竞瑶亭，湖水浅，高矮势难平。

2012年7月

注：
①画桡：有画饰的船。
②泼剌：形容鱼跳跃充满活力貌。元·李好古《张生煮海》第三折："则见锦鳞鱼活泼剌波心跳，银脚蟹乱扒沙在岸上藏。"
③渔罾：渔网的一种。俗称扳罾、拦河罾。前蜀韦庄《宿山家》：诗"背风开药灶，向月展渔罾。"

纪念潘絜兹先生[①]

耄年前事百般陈,作嫁衣裳同路人。

情结敦煌花解语,茧丝潘鬓艺传薪[②]。

2012年8月

注:
①潘絜兹(1915—2002),著名工笔人物画家,长期从事敦煌壁画艺术研究。
②潘鬓:用潘岳典,借指潘絜兹先生。

鸣蝉小憩纱窗

窗拥绿纱闻好音,一蝉游冶偶光临。

缘何芳翅独流寓?岂有疏桐违素心。

身细难从语冰雪,声清且与乐焦琴。

忽惊异动人相扰,振翼冲飞不可寻。

2012年8日

八十一感怀

往事烟云焦点看，门前奔逸小波澜。
生当九九归原日，忧乐情怀逐逝川。

2012年8月

莲池泛舟

淡云随履迹，信步走天涯。
池浅乐鱼影，柳长垂鬓纱。
兰舟欣有约，嘉侣兴无遮。
小试丹青手，摇开一径花。

2012年8月

中秋夜思

月里蟾宫桂树枝，至今怜爱代传痴。
为因尽卷云埃去，玉宇清光动仰思。

2012年中秋节

观京剧《范进中举》赠张建国君①

考场荣辱即官场,奚派真传信有张。
老大书生疯利禄,炎凉屠户借猖狂。
翻看正反酸甜样,识透沉浮谤誉相。
我爱剧中"清""白"丑,嘻顽嘲谑走他方。

2012年9月

注:
①京剧《范进中举》是四大须生之一的奚啸伯在新中国成立后排演的新戏。该剧也成为奚派代表剧目之一。张建国,中国国家京剧院三团团长,奚派传人。

杭州湾湿地公园

蓝天网水水笼天,白鹭翩跹孤鹜眠。
云拥扁舟飘苇荡,溶溶漾漾五湖连。

2012年9月

故乡行

长江入海口，涉足异前踪。
发愿寻故地，一回一改容。
地名虽沿昔，街宅翻迷宫。
"三鲜"珍馐美①，养育科技功。
亲友几人在？离乱偶然逢。
促膝多怀旧，举目咸新风。
崇门曾深隔，烟云万千重。
背井离乡日，几度回望中②。
世与时俱变，河西复河东。
今年"九一八"，游行起长虹。
故地绕三匝，故枝情意浓。
何物最难忘，"忠邦"警世钟③！

2012年10月

注：
①作者原注：三鲜：鲥鱼、刀鱼、河豚，濒于绝迹。
②作者原注：日寇入侵，举家逃难。
③作者原注：江阴史称"忠义之邦"，现尚存南城墙"忠邦"二大字。

黄炎培先生哲嗣方毅君嘱书大字"周期律"①

窑洞机锋说到今②,延安长夜晓星沉。
运毫纸上终于浅,鉴史躬行渐入深。
宝塔巍峨齐日月,丰碑向背系民心。
抽刀空断东流水,拒腐自强无敢侵。

2012年10月

注:
①黄炎培,著名民主人士。黄方毅,黄炎培先生哲嗣,经济学家、全国政协委员。
②1945年7月,黄炎培到延安考察,在窑洞中与毛泽东谈到"其兴也勃焉,其亡也忽焉",称历朝历代都没有能跳出兴亡周期律。毛泽东表示:"我们已经找到新路,我们能跳出这周期律。这条新路,就是民主。只有让人民来监督政府,政府才不敢松懈。只有人人起来负责,才不会人亡政息。"

目镜遭压损

昨夜心神何所之？无辜目镜毁容仪。
纵横扭曲情难忍，扑朔迷离景大奇。
视力苍茫赢懒惰，功夫粗浅解雄雌。
且将闲杂束高阁，斗室行空独运思。

2012年10月

步刘征兄《隐忧》[①]

后庭花谱唱通红，忧乐违时不老翁。
稳定千条维大局，析疑一语碍高墉。
琼台缥缈圆明镜，业迹辉煌指日功。
拦轿欲前前路损，桥墩新圮恼东风。

2012年11月

注：
① 刘征，当代著名语言教育家、作家、诗人。

秋晚闲吟（二十首）

（一）竹

日照晶帘影，天然一画图。
夜来收卷去，皓月又扶疏。

（二）菊

东篱铺大道，人境阻南山。
花也无幽隐，落英犹可餐。

（三）橘树

昂首皆金玉，灵心糅白红。
移淮遭贬枳，功遂药壶中。

（四）荷塘

清香云物外，藕节水泥中。
通体于人利，实惠托莲蓬。

（五）桃树

红云手自织，无意为争春。
硕果躬身笑，看花相遇人。

（六）桂　树

广寒孕奇树，根植在人间。
抛却吴刚斧，闲庭落子妍。

（七）雪

才惜秋光老，骤迎冰雪寒。
方舟欲何往？温室等闲观[①]！

注：
①方舟：诺亚方舟。温室：地球温室效应。

（八）云

有道轻而薄，堪将喻世情。
此言诚入浅，顷刻变阴晴。

（九）雨

怎如春意润，萧索与苍茫！
晨起泥途湿，昨宵敲北窗。

（十）蟋　蟀

逐日鸣声细，潜知物候移。
入床为伴侣，古趣今已稀[①]。

注：
①《诗经·豳风》"十月蟋蟀，入我床下。"

（十一）蝉

喑哑凄微语，那堪侧耳听。
明当破遗蜕，流响满园庭。

（十二）迎春

早开旋早落，枝叶映流霞。
念彼群芳好，明春先发芽。

（十三）枫叶

登高攀石径，火炬扑西风。
荣耀经霜后，非教一旦红。

（十四）梧桐

漫说先凋谢，斯文借一吟。
阳骄全盛日，天质献浓荫！

（十五）白杨

萧萧远祥凤，燕雀荫里藏。
巨干开奇眼，萍踪情意长。

（十六）银 杏

千年识弥广，碧树早金黄。
代谢同鳞次①，故教长寿康。

注：
①王羲之《兰亭诗》"代谢鳞次"。

（十七）月 季

花开期有信，初夏到如今。
牟利香精采，区区供赏心。

（十八）落 叶

蓦地随风舞，飘摇不着根。
报知蝴蝶梦，冷暖计时分。

（十九）秋 阳

骄阳甘淡泊，佳节过中秋。
无奈西风紧，夏虫别有忧。

（二十）秋 声

古昔欧阳子，秋声赋废兴①。
春华秋有实，万物竞天成。

2012年11月

注：

①宋·欧阳修《秋声赋》。

闻吴江大兄仙逝急就①

几度蹉跎欠请安,呼天自罪咒天寒。

《心经》一卷我遵诵②,典籍千章公博观。

延水悠悠育英士,人流滚滚隐朝官。

书生实践辨真理③,前席曾虚问路宽④。

2012年11月17日

注:

①吴江(1918—2012),原中共中央党校理论研究室主任、中央社会主义学院副院长。

②作者原注:吴江赠我《心经》嘱诵。

③作者原注:在"实践是检验真理的唯一标准"讨论中,吴江作出贡献。

④前席:《史记·商君列传》:"卫鞅复见孝公。公与语,不自知膝之前于席也。"后以"前席"谓欲更接近而移坐向前。《汉书·贾谊传》:"文帝思贾谊,征之。至,入见,上方受釐,坐宣室,上因感鬼神事而问鬼神之本。谊具道所以然之故。至夜半,文帝前席。"唐李商隐《贾生》诗:"宣室求贤访逐臣,贾生才调更无伦。可怜夜半虚前席,不问苍生问鬼神。"

"末日"①

末日临头倒计时，今吾幸在故吾思②。
风从空穴遂翻浪，事出无端设限期。
畏死贪生怜本性，悲天悯地仰真知。
敬崇玛雅超人慧，伊甸家园共护持。

2012年12月19日

注：
①2012世界末日是一种末日理论，宣称地球将在2012年12月21日发生重大灾难，或出现"连续的三天黑夜"等异象。这种悖论的来源是错解玛雅历法，认为世界将在这一天结束。
②笛卡尔说："我思故我在。"

晓川诗兄嘱句贺岁①

旦复旦兮云烂漫，神州奇事梦圆还②。
巡天下海寻常看，世局烹鲜迎倒澜③。

2012年12月

注：
①周笃文，字晓川。当代著名诗人。
②作者原注：2012年年度汉字"梦"。
③作者原注：《老子》："治大国如烹小鲜。"

一九四九年十月一日，余偕新华社训练班同学，由上海抵达北京，仰立天安门前

逝波回荡万人呼，新启长征昭日苏。

四海奔趋勤问道，盛时犹重魏公疏①。

2012年12月

注：
①魏公：唐名臣魏徵。

台湾行（六首）

北京至台北机中口占

鹏翼逍遥游海东，日行两岸御雄风。

穿云更喜晴光好，积雪残冰次第融。

台北至花莲途中

浪花点点白鸥浮,欲上青云结伴游。
我忽深渊穿隧道,眼明鸢背跨潮头。

弥 痕

2000年余游台南,因受大地震影响山有巨形裂缝,今已改观。

天道终于弥裂痕,绿茵又是一番新。
于髯埋笔玉山上①,望大陆兮云水亲。

注:
①于髯:于右任,临终前作《望大陆》诗,先生葬玉山。山傍日月潭,高3900余米,为台湾最高峰。

泰雅族老妪雕像

铁石深山人瑞椿,纺纱文面烙年轮。
东宁才子竹枝韵①,便是当年淑女身。

注:
①东宁才子:丘逢甲(1864—1912),台湾爱国志士,杰出诗人,在大量作品中有竹枝词。

过北回归线

半步分明两地天，无形一线热温间。
飘摇椰树迎风舞，招示人行各向前。

日月潭

浩天日月两跳丸，人境瑶池日月潭。
地底横流喷狱火，山间明镜泛兰船。
晨昏胞族劳工泪，风雨碉楼寇迹斑。
相问旅程何所寄，同根两岸共婵娟。

2013年1月10日-19日

三亚春节杂咏（七首）

"候鸟"南来盈几箩？雾霾北国避如魔。
豪华宾馆宴筵减，礼佛烧香供养多。

"鹿回头"处探前踪①，五凤高楼迪拜风②。
跨海巨轮兴博采，夜阑新月比弯弓。

注：
① "鹿回头"：黎族民间传说。"弯弓"为其中一情节。
② 新启五座高楼，形如迪拜所建。

古木参天气似龙，崎岖山路小茅蓬。
相望长寿村何处？便在行程杖履中。

风细无尘海浪平，嫣红姹紫护常青。
翩翩一对白蝴蝶，飞到天边云气生。

欲往天涯海角游，新传胜地碍封侯。
殷勤关爱悄声语，嬴政驾崩天尽头。

天然慷慨着鸿篇,花树无名值万千。
遥指山巅最高处,红棉一抹笑酡颜。

小舟白浪几吞衔,一往无前笑冒尖。
扑面喷来尝半口,初知海水苦中咸。

2013年2月

酬刘征赠"碧海星天"砚

何求交臂与神仙,且喜诗思涌若泉。
助我临池通海岳,慕君落纸散云烟。
文心若许庸常语,矢志焉担道义肩?
夜望星天驰旷远,老来铁砚敢磨穿!

2013年2月

若溪君编印拙书十条屏《杜甫咏怀古迹五首》，诗以为谢[①]

远近聚焦蒙太奇，匠心独运入迷离。
少陵沉郁共观止，羲献清雄竞仰之。
涉世会通怀古意，茹毫直欲释今疑。
犹须笔冢三千丈，隐隐风涛十指催！

2013年2月

注：
①若溪，周祥林，书法家、导演。

闻一多故乡携来巴河卵石

此石非常石，出没巴水河。
河水育英士，大哉闻一多。
石质贞且坚，刚正绝不阿。
晶莹又剔透，诗哲万刼磨。
复奔滇池去，投入深漩涡。
激荡千层浪，浪花飞玉珂。

前脚跨门出,后脚何惧魔?

碧血泣壮烈,慷慨红烛歌①。

举国震惊日,志士泪滂沱。

万民齐奋起,石也从女娲。

只今哀死水②,怒其不扬波。

2013年3月

注:
①②《红烛》《死水》皆闻一多诗篇。

史家小学六名小学生发现六颗小行星

望远虽无哈勃镜,课堂碧海两缘情。

新知河汉芳邻近,垂爱人间幼小星。

2013年5月19日

王亚平授课①

姮娥亲面对，惊喜零距离。

羡彼天边客，一览浩瀚奇。

太空无上下，失重不知疲。

变幻胜魔法，物理不我欺。

盼见UFO，却恐垃圾危②。

欲探星系外，《天问》无尽期③。

2013年6月

注：
①神十航天员王亚平北京时间2013年6月20日上午10点在太空给地面的学生讲课。
②太空垃圾。
③《天问》：屈原作。

霍 金

轮椅推进古时空，睿智巨人摇滚翁。
大爆炸从"奇点"起，众星河向几时终？
希声珠玑凭传感[①]，异想玄黄赖慧通。
人类伊甸千载近[②]，关怀运命发忧忡。

2013年6月

注：
①霍金发声凭特制传感器。
②霍金称："如果不逃离脆弱地球，我们将无法生存千年。"

欢乐颂中轴线[①]

八百沧桑幻巨龙[②]，万千气象越时空。
箭声催动草原急，鼓点频添碧瓦浓。
大手笔无休止日，新时期更展长虹。
华章欢乐颂当世，道路条条环宇通！

2013年7月21日

注：
①作者原注：据悉一条暂名为欢乐颂的中轴线，将把传统北京中轴线大为延伸。
②八百：北京及其中轴线建设，自元大都以来，迄今800多年历史。

八二感怀（温故事）①

几逐潮头害己人，不辞病笃夜兼旬。
只今垂老温故事，活命犹刨哲学根。

2013年7月26日

注：
①作者原注：余于中青年病笃，以"不怕死"之精神工作，甚或自责"活命哲学"。

读台湾诗人纪弦自画像①

未读郎诗先识狼，长嗥飒飒撼苍茫。
独行搜索睨荒寂，夜发神奇绿异光。

2013年8月13日

注：
①纪弦（1913—2013），台湾著名诗人，现代派诗歌的倡导者。

八二感怀（住医院）

正遇文王渭水边①，犹应小有作为年。
白衣天使面朝夕，皓月隔窗望眼穿。

2013年9月26日

注：
①作者原注：据说姜子牙八十二岁遇周文王。

秋　蚊

不问前胸后背身，任他瘦骨与肥臀。
已难哄聚比轮囷①，少息伺机叮寡人。
能敌老牌花露水，却遭新产"灭瘟神"。
秋风逐日吹凄厉，捱进南窗候夜昏。

2013年10月

注：
①轮囷：硕大貌。囷：qūn。《礼记·檀弓下》"美哉轮焉"，郑玄注："轮，轮囷，言高大。"宋人范成大《吴船录》卷上："尤多荔枝，皆大本，轮囷数围。"此处以夸张手法描写秋蚊。

答诗友

世故无多感慨多，年年冰底淌长河。

神情婉约浮云度，身远喧哗落帽过。

有意乘桴飘大海①，随心击节引高歌。

易安入梦曾游否②？为赋闲愁念佛陀。

2013年12月

注：

①乘桴：乘坐竹木小筏。《论语·公冶长》："道不行，乘桴浮于海。"

②易安：李清照，号易安居士。入梦：李清照名篇《如梦令》。

岁暮忽念"悬案"

最"牛"焦点众睽睽，入海茫茫不见泥。

花落花开终有信，透明每与隔年期。

2013年12月

拜（二首）

（一）

不拜神仙不近人，蹒跚一个折腰身。
毒霾入骨心存鬼，罪对沙场月下魂。

（二）

一入重门人鬼分，孤家馀勇祭孤坟。
我挥三尺终南剑①，威振堂堂民族魂。

2014年1月

注：
①终南剑：钟馗之剑，据《历代神仙通鉴》记载钟馗系陕西终南人，《唐逸史》有"臣终南山进士钟馗也。"

马　咏

疆场万里一横行，呼啸风飞龙虎声。
志遂霜蹄弄骄影①，功成玉辔待新征。
槽寒旧日三餐少，厩满今时四海宁。
报效忠诚生死事，膘肥还欲请长缨。

2014年2月

注：
①霜蹄：语本《庄子·马蹄》："马蹄可以践霜雪"，杜甫《韦讽录事宅观曹将军画马图》："霜蹄蹴踏长楸间，马官厮养森成列。"

有　思

推出尘封冻雨窗，四时最好在春光。
阴云密布雾霾重，迷失花丛思故乡。

2014年3月

殇甲午海战

（一）

百二十年弹指间，沉沉黄海浪滔天。

革新利炮蛇欺象，迂腐清廷园戏船。

将士捐躯岂畏葸①，中枢卖国保全官。

硝烟散尽何曾了？圆梦应从噩梦观。

（二）

潮流浩荡欲何之？震撼东方一睡狮。

隔岸小儿玩爝火②，闭关老大守金墀③。

但知胜负凭洋器，为决雌雄仗国维。

怒吼缘今犹有鬼，故教长剑付钟馗。

2014年3月

注：
①畏葸：畏惧；胆怯。
②爝火：炬火，小火。《庄子·逍遥游》："日月出矣，而爝火不息；其于光也，不亦难乎！"成玄英疏："爝火，犹炬火也，亦小火也。"
③金墀：用金属装饰的官阶。借指臣子朝拜皇帝的地方。

临江仙·步林岫君，余亦曾除目眚①

蓦地掀开云雾罩，神清志远专精。小儿阅世落胎惊。人间原若此，世事几清明！　　有说糊涂难得好，悟空累坏金睛。苦心赢得几真情。由来多少事，颠倒浊和清。

2014年4月

注：

①林岫，当代著名女书法家、诗人。目眚：眼病，白内障。宋范成大《晚步宣华旧苑》诗："归来更了程书债，目眚昏花烛穗垂。"

江西共青城嘱句

艰难曲折七三层①,立定云端万象呈。

秃岭荒芜真赤子,繁花锦簇共青城。

论功论过人安测?忧国忧民石也明。

幕后绿坪燃火炬,鄱湖朝夕守阴晴。

2014年5月

注:

①作者原注:七三层,胡耀邦墓道前铺七十三石阶,象征生年七十三岁。

江南好·题杨明义画[①]

家乡好，自古比天堂。河水悠悠鱼蟹足，诗书朗朗艺文扬。灰瓦粉围墙。　　家乡好，风气数东吴。季子情高传义举[②]，四家艺绝役神摹[③]。彩墨画新图。

2014年5月

注：

①杨明义，当代画家，擅山水，多以江南水乡风光入画。

②季子情高：春秋吴季札挂剑故事。季札为吴王寿梦少子。不受君位，封于陵，号延陵季子，省称"季子"。历聘各国，过徐，徐君爱其剑，季子为使上国，未与。及返，徐君已死，乃系其宝剑于徐君冢树而去。事见《史记·吴太伯世家》。

③四家：吴门四家：沈周、文征明、唐寅、仇英。

《书圣王羲之》电视连续剧开机口占[①]

群贤毕至竟何时？众里寻他其在斯。
来者视今犹视昔，晋风借力惠风吹。

2014年6月

注：

①《书圣王羲之》是周祥林执导的古装剧情片。

读《甲午殇思》①

新书莫作时装看，血火狼烟思国殇。

历史老人开慧眼，狐群东海梦黄粱。

地球虽小无宁息，周道维新待发扬②。

镜鉴春秋似椽笔，悲怆求索竟辉煌。

2014年6月

注：

① 《甲午殇思》是刘声东、张铁柱、刘亚洲编著的著作。2014年，在纪念甲午战争120周年之际，新华社解放军分社与参考消息报社联合策划"军事名家的甲午殇思"专栏，邀请28位将校级军事名家撰文，从不同角度反思甲午战争的教训与启示，结集成《甲午殇思》一书，由上海远东出版社出版发行。

② 《诗·大雅·文王》："周虽旧邦，其命维新。"

有索书法作品者

唐宋诗词不厌频,罔闻李杜与苏辛。
层楼更上乌纱帽①,绝顶会当花雪银②。
幅面从宽宜富贵,语词切忌涉悲贫。
"招财进宝"吉祥语,皆大喜欢拼字群。

2014年7月

注:
①王之涣:"更上一层楼。"
②杜甫:"会当凌绝顶。"

古运河

南行艳说探琼花,水上长城春色奢。
暴戾建功兴帝业①,禹王治水不为家。

2014年7月

注:
①隋炀帝修大运河,开凿了"水上长城"沟通南北,开凿过程中滥施酷刑,凡反抗者"罪无轻重,不待奏闻,皆斩。"(《隋书·刑法志》)

贺马凯、袁忠秀同志红宝石婚[①]

最难风雨两心同,剔透晶莹老更红。
鸟有夙缘终比翼,树成连理便凌空。
新诗膝下绕清趣,故友樽前寓意浓。
白首宁移人益壮,修名当立彩霞中。

2014年7月

注:
①马凯,原中共中央政治局委员、国务院副总理。袁忠秀,马凯夫人。红宝石婚,西方的婚姻纪念习俗,结婚的第四十周年称为红宝石婚。

纪念陈翰伯老师冥诞百年①

　　余于一九四九年至一九五〇年就学于新华社新闻训练班。时陈翰伯同志任班主任。校址设北京香山。

犹记红枫火样痴，八方学子敬吾师。
一身正气泮池月，两袖清风天下思。
不羡大官谋大事，敢从新处拓新枝。
问今霜叶几荣落？伏枥同侪未计私。

2014年8月

注：

①陈翰伯（1914—1988），新闻家、编辑出版家、国际问题评论家。青年时代就读于燕京大学新闻系，后参加一二·九运动，在党领导下在白区从事报纸新闻工作。解放后曾任商务印书馆总编辑兼总经理、国家出版事业管理局代局长等职务。

读柳宗元《蝜蝂传》①

怜尔此身单，馀勇贾重担。

货无分大小，情急胜逃难。

长途避险危，密室藏幽暗。

日夜攒苦辛，珍奇敢分散？

智巧心渐拙，加压释遗憾。

攀上又好高，卒踬亿万贯②。

2014年8月

注：
①蝜蝂：一种黑色小虫，背隆起部分可负物。《蝜蝂传》是唐代文学家柳宗元的寓言作品。文章先描写小虫蝜蝂的生态，突出善负物、喜爬高的特性，并以"今世之嗜取者"与蝜蝂作比较。
②卒踬：卒，最后；踬，绊倒。

八三感怀（二首）

（一）

一叶落知天地秋，萍踪漫与晚霞游。
立身乱石清溪过，仰首微云往事稠。
蚕食吾生诞日始①，战歌群起吼声遒。
太阳底下翻新否？鉴史推寅未即休②。

（二）

长鸣警报破长空，凄厉盘旋动域中。
残历几经风打雨③，义军九死鬼为雄。
柳条湖畔蒙羞日④，桑叶版图遭毒虫。
岁岁逢时我初度，周身热血撞金钟。

2014年9月

注：

①蚕食吾生诞日始：谓作者出生之时（1931年9月），日本发动了侵华战争。

②推寅：钻研。

③残历："九·一八"残历纪念碑，在沈阳"九·一八"历史博物馆，始建于1991年5月，于"九·一八"事变60周年之际正式对外开放。

④柳条湖："九·一八"事变发生于沈阳柳条湖，铁道"守备队"炸毁沈阳柳条湖附近的南满铁路路轨（沙俄修建，后被日本所占），并栽赃嫁祸于中国军队。日军以此为借口，炮轰沈阳北大营，开始了侵华战争。

观　景

绿叶葱茏依故枝，萎黄入土沃华滋。
阴阳盈缩轮回日，大美多元合一时。

2014年10月

重　阳

秋高无计去登高，独上层楼村路遥。
蔽日浮云障远目，藉吟摩诘念儿曹[①]。

2014年10月

注：
①摩诘：王维号。此处指王诗《九月九日忆山东兄弟》。儿曹：儿辈，孩子们。

读杜牧

凡夫漫道青楼梦，素练安充彩绘身？
歌舞宦游输寂寞，诗文千遍洗真淳。

2014年10月

自　遣

性本甘清寂，生来少自由。
病从药壶累，心向水云游。
阮啸鸣琴起，陶吟采菊悠①。
惯看舒与卷，便说乐中忧②。
岁月怦然晚，雪霜好个秋。
凭栏抒浩气，外物复何求？

2014年11月

注：
①阮啸：阮籍典；陶吟：陶渊明典。
②乐忧：范仲淹典。

附：步沈鹏兄《自遣》

周笃文

大道本无迹，人生贵自由。
望云怀鹤侣，打桨乐诗游。
逸少书风远，庄生梦境悠。
浅深随雪径，歌笑散闲愁。
最忆隐侯瘦，同吟桂子秋。
何当招玉魄，千里远相求。

有学者称人类在宇宙独一无二

恒河沙里一微尘，奇想异思无与伦。
设若恐龙仍主霸，又如鱼鸟未区分。
平行世界宁其有①，独立斯人忍绝邻？
徒为解谜呼上帝，矢诚卫护地球村。

2014年11月

注：
①作者原注：有专家认为宇宙存在与我们相同的平行世界。

故乡江阴记者答问六首

"忠义之邦"代代传①,大江吞吐去来船。
行行故垒凋零处②,遥望海东别样宽。

欲言何物最奇珍?水土一方情性人;
却笑乡音顽未改,俚云:拼死吃河豚!

背井离乡束发年,园中桃李待尝鲜。
明知此去无还日,铁锁九重图万全③。

几度高垣紧闭门,至亲好友隔山坟。
"皇军"诡异施恩日,为抗盘查拒出城。

学子同声《毕业歌》,艰难岁月泪滂沱。
担挑行箧天涯路,初识人间道与魔。

鱼米之乡忽饿乡,造神亩产万斤粮。
贪吞地藏观音土④,饮鸩新开济世仓。

2014年12月

注：

①江阴被称为"忠义之邦"，源于明末抗清守城战，史称"江阴八十一日"，清嘉庆年间的江苏学政姚文田书"忠义之邦"四字，道光二十三年(1843年)江阴修城时，将姚文田书写的"忠义之邦"四字临刻于石，每字两尺见方，嵌入南门城垣。

②故垒：江阴黄山炮台，又称江阴要塞。

③作者原注：抗日战争时，举家避难，有如《打渔杀家》。

④观音土：一种略含淀粉的泥土。在饥荒时期普遍被饥民当成食物充饥，吃下暂时解除饥饿感，但不能消化，饥荒年代因吃观音土腹胀而死的不计其数。

诗题电视纪录片《徐渭》①

散僧入圣蔚奇观②，花草盘龙走艺坛。
泼墨淋漓恣情性，杀锋偃仰折洄澜。
明珠无处人间卖③，白石倾心门下还④。
才大用难难亦用，一声泪下四声寒⑤。

2014年12月

注：

①六集纪录片《徐渭》，由中央电视台和绍兴市文联联合摄制，导演楼建军。2015年元月在CCTV-11《翰墨戏韵》节目中连续播出。

②散僧入圣：宋人黄庭坚曾评杨凝式书法"如散僧入圣"，又明人李日华《竹懒论画》："苏、米，以才豪挥霍，备翰墨为戏具，故于酒边谈次率意为之，而无不妙，然亦是天机变幻，终非画手。譬之散僧入圣，啖肉醉酒，吐秽悉成金色。若他人效之，则破戒比丘而已。"

③徐渭《画葡萄诗》:"笔底明珠无处卖,闲抛闲掷野藤中。"

④白石:画家齐白石,他曾说对徐渭等人的画十分敬服,哪怕在门外饿而不去也是快事。

⑤徐渭有戏曲四种,合称《四声猿》。

附:和沈鹏诗题电视纪录片《徐渭》

刘 征

山阴老屋昔曾观,一树青藤壮艺坛。
天妒奇才委尘土,笔翻墨海簸狂澜。
沉埋尺璧终光显,应有归云独往还。
悲悯情怀听高咏,暖茶不觉夜风寒。

读晓川兄《影珠书屋吟稿》

此身合在汨罗江，早有情商恸国殇。
满腹诗书千万象，冥搜犹发少年狂。

2015年

莫言仁君枉驾得句①

（一）

岁寒数九话春风，蓦地开颜斗室中。
或谓余心早相识，但从故事辨君容。

（二）

无用文章别有裁，偏教道艺不生财。
纷纭智叟竞追捧②，却见高峰黄土栽！

2015年1月

注：
①莫言，当代小说家，2012年诺贝尔文学奖获得者。
②智叟：典出古代寓言《愚公移山》。

步晓川兄《读征公龙蛇集感赋》①

龙蛇才腾天，桌上《龙蛇集》。
谈笑风生间，襟怀何历历！
似听婴儿言，如随大浪激。
钟馗剑气扬，仙圣神形立。
玫瑰与葵花②，路石同白璧。
隽语杂闲悠，晴空开霹雳。
世事撩眼球，孰与君俦匹！
我今闭雷池③，诗思无疆域。
一卷抱怀中，心远骛八极④。

2015年元月

注：

① 《龙蛇集》指当代诗人刘征先生的诗集《龙蛇草》，三联书店，2014年12月1日第1版。

② 玫瑰带刺，象征批判；葵花向阳，象征歌颂。

③ 雷池：晋代庾亮《报温峤书》："吾忧西陲过于历阳，足下无过雷池一步也。"雷池，湖名，在安徽省望江县。意谓要坚守原地，后用"不敢越雷池一步"，以表示不逾越的一定范围，此处自言闭塞之意。

④ 西晋陆机《文赋》："慨投篇而援笔，聊宣之乎斯文。其始也，皆收视反听，耽思傍讯，精骛八极，心游万仞。"八极者，八方之极也。

附：周笃文《读征公龙蛇集感赋》

刚从遵义回，喜读龙蛇集。
文章属老成，珠玉洒落历。
矫知狮虎腾，迅如怒潮激。
高若碧霄云，稳若岱山立。
清似妙莲花，珍同和氏璧。
思致入精微，咳唾响霹雳。
上下百年间，巨笔罕能匹。
历史开生面，赓歌遍九域。
愚子再三拜，诗翁寿无极。

附：刘征：《答沈鹏、晓川仁君》

百年阅沧桑，万感纷然集。
碧血染征旗，废兴何历历。
自矢献涓埃，清浊敢扬激。
良朋惠我多，蓬在麻中立。
二君赞龙蛇，赐教胜珠璧。
椒兰穆清风，除恶鸣霹雳。
诗咏赋民情，吾侪广俦匹。
方期振风雅，弦歌盈禹域。
人生虽易老，诗声乃无极。

2015年1月30日

尚古书房《沈鹏诗钞》杀青①

不付蠹鱼烦枣梨②,勤耕能促水流西。
偶来拾贝夕阳下,大浪千淘始足奇。

2015年2月

注:
①尚古书房《沈鹏诗钞》以传统雕版印刷术进行印制出版。
②蠹鱼:虫名,即蟫,又称衣鱼,蛀蚀书籍衣服。宋陆游《箜篌谣寄季长少卿》之一:"卷书置筐中,宁使饱蠹鱼。"后世又以之借指书籍。明胡应麟《少室山房笔丛·经籍会通四》:"枕席经史,沉湎青缃,却扫闭关,蠹鱼岁月,赏鉴家类也。"枣梨:古代雕版印书多用梨木或枣木,故以"枣梨"为书版的代称。

尤　物①

读书万卷托虚空，尤物粘连五指中。
一网大千全打尽，刹时微秒许包容。
机械力比人超速，高智商教尔失聪。
知识亲情殆扫地，杞忧又把电源充②。

2015年2月

注：
①本诗所咏者为手机。
②杞忧：即杞人忧天。《列子·天瑞》："杞国有人，忧天地崩坠，身亡所寄，废寝食者。"

化 验

请从一滴认全身，红白血球看得真。

源自炎黄亲嫡裔，流传革命后来人。

驽骀垂老梦千里①，日月更新醒四埏②。

鲁迅自题书小照，灵台决意荐先神③。

2015年3月

注：

①驽骀：指劣马。《楚辞·九辩》："却骐骥而不乘兮，策驽骀而取路。"后又引申为才能低劣平庸。此处为作者自谦。

②四埏：四境；天下。《魏书·郑道昭传》："九服感至德之和，四埏怀击壤之庆。"

③鲁迅《自题小像》诗："灵台无计逃神矢，风雨如磐暗故园。寄意寒星荃不察，我以我血荐轩辕。"

笔　诗

小大由之两自如，颂恩认罪切时需。
毫毛驯服随心使，工具循良任性呼。
识字催生忧患始，诵经打造睿思除。
在齐太史贵操守①，寸管身微独展舒。

2015年3月

注：
①作者原注："在齐太史"句，春秋时晋国史官董狐，世袭太史职。写史册坚守立场，孔子誉为"古之良史"。

见假花中掺饰真花

看似鲜花非是花，乱人耳目杂泥沙。
弥天大谎当真说，故著半枯浓绿遮。

2015年4月

清明前五日遇雨偶作

节近清明细雨来,随风飘洒涤尘埃。

雾霾预警新规则,泽润可消前劫灰?

售价压低高级酒,开盘看好股民财。

二千六百余年事,谁个追询介子推①!

2015年4月

注:
①作者原注:窃以为介子推事,实君臣炒作,非真正的互爱与清高。故有"谁个追询"之句。

史家小学六名小学生发现六颗小行星

余于前年以本题作七绝,今续得一首。

一颗童心一幼星,心星相印浩天寻。

他年跃上新星去,揽取地球冰与金!

2015年5月

酬吴为山君为余画《斥笔图》①

为山君为余造像深得东坡传神记之三昧,所谓"众中阴察之""萧然有意于笔墨之外者也"。得五言绝句志感。

斥笔龙蛇走,冲冠鬓发邪。
苍茫惟独立,旷达致无涯。

2015年5月

注:
①吴为山,当代雕塑家、画家,中国美术馆馆长。

题吴为山画《斥笔图》

题林散之致高二适诗卷

　　吴为山君珍藏林散之致高二适诗十八首，事涉今古，情系八方，洋洋洒洒，目不暇给。二位前贤雅谊之真切今世尤稀。爰得五言七韵以志敬仰。

适我之所适，之吾所欲之。
二老砺文艺，双峰一扶持。
得意洛下纸，问道山阴诗①。
识见人天合，肝胆义理齐。
高山与流水，伯牙共子期。
西窗秉烛夜，夜雨涨秋池②。
哲人其未远，斯文永在斯。

2015年5月

注：
①洛下纸：左思"洛阳纸贵"典。山阴，王羲之典。
②李商隐《夜雨寄北》诗意，编者按：义山此诗又作《夜雨寄内》，即寄给妻子，然亦可理解为寄朋友，（曾有人考证，此诗作于作者的妻子王氏去世之后），此处比喻林散之、高二适两先生，感情真挚深厚。

书自作诗《题林散之致高二适诗卷》

贺刘征兄诗词研讨会暨诗书画展开幕

根深梅老走龙蛇，漫品醇醪陆羽茶①。
掷地有声真铁石，临川着墨幻云霞。
庄严谐谑婴儿语，寂寞充盈处士家②。
岂止一身三绝并，心存大爱放心花。

2015年6月

注：
①醇醪：味厚的美酒。此处引申为茶味醇厚。
②处士：古人称有德才而隐逸不愿做官的人为处士。如孤山处士林逋，"梅妻鹤子"，最为后人传颂。

附：和沈鹏诗《贺刘征诗词研讨会暨诗书画展开幕》

刘　征

银钩铁画走龙蛇，意蕴深长诗似茶。
顾我甘为铺路石，喜君犹作满天霞。
放谈画虎香留墨，共饭漓江船当家。
老树何曾少春色？虬枝爆出晚开花。

2015年7月

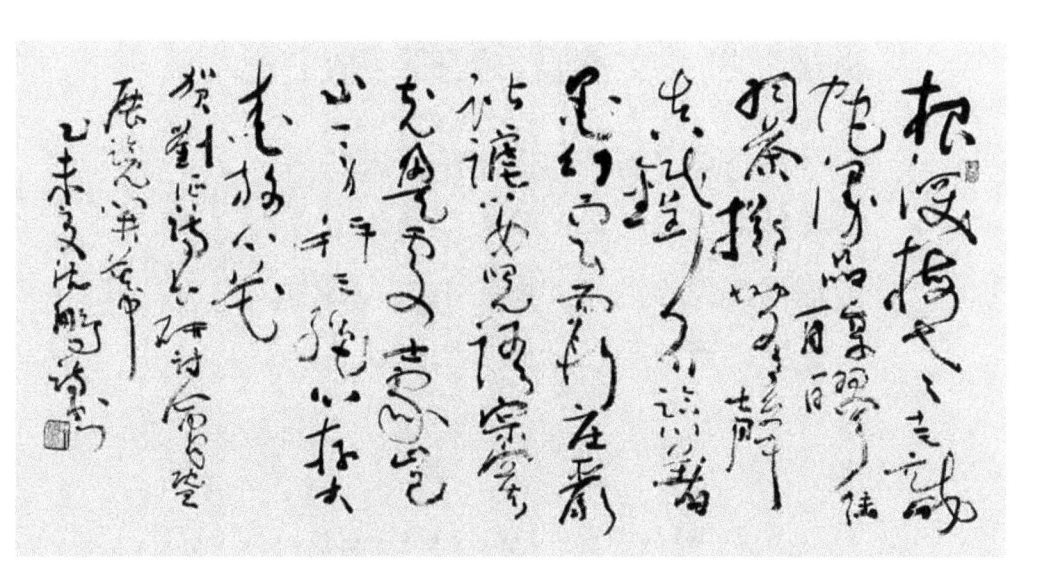

书自作诗《贺刘征兄诗词研讨会暨诗书画展开幕》

寄吴荫循、文椿君，高邮下放有思①

早将垂老弃闲愁，旧事浓云未即休。
锣鼓喧天号跃进，稻禾易地诩丰收②。
炼钢持续心添火，恨铁不成人缺油。
是处古遗前驿站，何从快递禀王侯？

2015年6月

注：
①吴荫循（1933—），电影导演，电影评论家。文椿，著名作家。
②指大跃进期间"放卫星"，自诩丰收。

忆春（五首）

细雨轻雷物候新，繁华日日计芳辰。
殷勤蜂蝶飞红紫，才过清明已惜春。

阴晴寒暖度三春，逐日东风入土深。
桃李芳菲期硕果，杨花不似堕楼人①。

燕子归来问故巢，绿杨草地湧楼高。
机声响处坚冰破，夯土填平污水漕。

香断飘零身受同，颦儿对景叹匆匆②。
落红自接东风力，代谢轮回大化中。

若言春色百般好，底事又因春色恼？
春色恼人难与言，美人头上容光老。

2015年8月

注：
①堕楼人：绿珠，晋巨富石崇之妾，不屈强暴，堕楼殉情。
②颦儿：林黛玉。

奉和马凯、周笃文诗兄迎四代会

闻道求真不厌迟，根深拓展玉龙枝。
屈平骚意连江涌，李杜歌声旷代驰。
汲古镕今翻旧调，巡天入地创新诗。
中华文脉振兴日，民族灵魂再造时。

2015年8月4日

读烈士遗书八首

家书一字一遗书，托付心肝红鲤鱼。
寄语亲人后来者，尽忠今我效先驱。

魂系故园身赴艰，沉沉黑狱夜光寒。
千斤镣铐囚徒手，字字行行泪血穿。

惟将残纸问安康，除却沙场百事荒。
头顶繁星心沥血，城墙弹洞望家乡。

倥偬草书何等语，满腔义愤斥妖魔。
日星河岳齐呼应，无韵文山《正气歌》。

书自作诗《读烈士遗书》

"誓志为人不为家"①，牢笼飞出自由花。
白山黑水傲冰雪，巾帼遗音警散沙。

生涯如洗度糟糠，国破而今天一方。
留意江湖来往客，暗中奸佞谨提防。

料从此去隔云泥，奔走呼号亲了离。
言教无时以身教，我今殉国视如饴。

只以狱中无纸笔，但凭指血几行书。
灰墙阴湿斑斓处，留待来人识楚居②。

2015年7月—9月

注：
①作者原注：用赵一曼遗诗。
②作者原注：楚居，楚人所居，不可寻。又痛楚也。

书自作诗《读烈士遗书》

书自作诗《读烈士遗书》

中秋夜口占

阴晴圆缺寻常有,偏听今宵雨打窗。
不见庭前花弄影,万家灯火浴辉煌。

2015年9月

忆秦娥

二〇一五年九月三日纪念大典。

长风激,碧天如洗雄鹰击。雄鹰击,彩虹飞画,啸呼鸣镝①。　　河山重建光阴急,长龙方阵东方立。东方立,高翔白鸽,梦圆和璧②。

注:
①鸣镝:即响箭。矢发射时有声,故称。三国魏曹植《名都篇》:"揽弓捷鸣镝,长驱上南山。"毛泽东《满江红·和郭沫若同志》词:"正西风落叶下长安,飞鸣镝。"
②和璧:即和氏璧,此处兼寓"和平"意。

书自作词《忆秦娥》

寒 蛩

寒蛩转凄切①，犹怜不噤声。
潜入南窗下，暂暖度馀生。
美音响断续，缓慢且细清。
怎比浓绿下，长号动瓦瓴！
或责秋风厉，怪蛩先争鸣。
彭殇基因使②，遭讥难语冰。
天命既若此，毕生亦比萤。
荧光一闪烁，献身夜三更。
小虫悠然在，生命不可轻。
为避寒气重，愿豁陋室迎。
一室光音播，长胜寂窈冥③。

2015年10月

注：
①寒蛩：深秋的蟋蟀。
②彭殇：犹言寿夭。彭：彭祖，指高寿；殇：未成年而死。语本《庄子·齐物论》："莫寿於殇子，而彭祖为夭。"
③窈冥：幽暗、昏暗，《文选·左思〈魏都赋〉》："雷雨窈冥而未半，曒日笼光于绮寮。"吕向注："窈冥，阴暗也。"

八四本命年

愿追羊角上苍天①,岁到中秋若小年。
乐向蓬门迎远客,畏从朝市去求仙。
荣衰变故大槐梦,寂寞无聊高枕眠。
为道乘桴太辛苦,惯闻热议涉升迁。

2015年10月

注:
① 2015年,乙未羊年。是年为沈鹏先生84岁本命年。

"不　明"

有客嘱题匾,榜书谓"不明"。
欲问何以故,所答费经营。
去日苦渐多,"不明"日益增。
芸芸多自在,天时总放晴。
阴晴亦不免,于我何所争?
风雨果如晦,鸡也不住鸣。
鸡鸣或昧旦①,满朝皆已盈。

又恐鸡声误，或即是苍蝇！
高枕绝忧虑，隔墙远雷霆。
雷霆惊魂魄，康乐至关情。
路遇尴尬事，避绕即祛惊。
糊涂难能得，讳议浊与清。
贵在遂己愿，岂必曰兼听。
路路通关节，处处善周行。
暗箱操作妙，惜乎忌透明。
日月两丸跃，世路照不平。
求明实匪易，不平则有鸣。
不明笑明者，明者各自明。
止于至善者，道义焉敢轻？
我方举秃笔，必也正其名！

2015年10月

注：
①鸡鸣：《诗经》有《国风·郑风·女曰鸡鸣》。

宇宙中屡现与地球相类者

小小地球形不孤，堂兄堂弟远相呼。
皑皑深浅疑冰雪，赫赫高低类宅居。
亿万光年邻里近，无边长夜立时趋。
电波或早翩然至，只恐吾人蠢若猪。

2015年10月

书自作诗《宇宙中屡现与地球相类者》

念焦裕禄

痌瘝在怀抱①，黄沙孕绿草。
百事说到今，一人系兰考！

2015年11月

注：
①痌瘝：谓关怀人民病痛、疾苦。《明史·刘宗周传》："陛下留心民瘼，恻然痌瘝。"

黄君主办黄庭坚论坛，余未得参与①

长存浩气转时轮，忧乐从头议国魂。
双井未瞻先得月②，人文大旨恤人伦。

2015年11月

注：
①黄君，书法家、学者、诗人，黄庭坚研究专家。
②双井：黄庭坚出生地。

节逢"小雪"

"小雪"迎来大雪飞，寒潮滚滚路行稀。
黄埃涤去时空净，残叶飘零色相迷。
黑白间容辨深浅，晦明交替问疑歧。
门前堆积自家扫，莫贵陈年腐朽遗。

2015年11月

长相思·雾霾严重

路朦胧，树朦胧，海市楼台尘雾封。炭煤烟味浓。　　急匆匆，步匆匆，归去来兮孤宅中。旅途魔影重。

2015年11月20日

笃文兄莲峰宾馆晨眺六首，大佳也，欣为一绝

一泓活水自心源，亦是神人亦是禅。
字字行行走珠玉，碧琉璃溢五花文。

2015年12月

放龟行

友朋远方来，贻我绿毛龟。
大不过手掌，甲壳铺苔衣。
衣长径盈尺，胜过翡翠枝。
又杂黄金线，天女架织机。
双眼湛光亮，神情赛小儿。
遥想江湖里，也曾遇惊奇。
蓄之陶瓮中，颐养胎息微。
饲彼一小虫，旬日能忍饥。
可惜蜗居窄，长年碍旁窥。

龟耶虽长寿，终究恋海湄。
一日生异想，我心发慈悲。
何如放生去，纵彼游天池。
手提丝罗网，恭敬此神稀。
沿途慎看护，勿使遭险危。
路上往来人，啧啧称龟仪。
多言品种异，超凡脱俗姿。
又比现代派，价格定不菲。
囤积藏秘室，日久更居奇。
再有饕餮者，垂涎快朵颐。
蒸煮饮美酒，醉倒佛亦迷。
蓦地观者众，哄然将我围。
声言出重价，纸币举高扬。
价格倍飚升，胜似拍卖行。
我情急坚拒：尔辈休轻狂！
有一歪戴帽，动手触宝囊。
速将拢怀抱，岂敢皮毛伤！
俯察绿神龟，神态仍安详。
乳婴初入世，毫无预设防。

摆脱众小子，咫尺近池塘。
忽觉遇盯梢，贼眼的溜望。
或为贪铜臭，或为肉味香。
一旦放池塘，
宝物势必遭毒手，
放生反而蒙大殃。
顿即生一计，
誓将宝物献，
手机拨通动物园。
回话此举异，
入账无来源。
又问某要局，
徒听响长音，
电话空置人不闻。
眼看池塘边，有持钓钩蹲。
满脸酒肉相，绝非姜太公。
挣脱哄抬者，即速归道中。

却看道两旁,
早有鬻者手提笼,
笼中物物皆珍品,鼋鳖百足虫。
慈悲者护生,贪欲者弯弓。
求我买与卖,只当耳边风。
旋又改道行,
紧搂可爱之精灵,
视如亲子两心同。
急急向前冲,
喘息归故宅,
陶瓮安然在,
胜过人间安乐宫。
五湖四海尽辽阔,
可叹是处暂从容,
暂从容!

2015年12月

猴年贺岁

千钧棒启百花春,草芥陈年八股文。

立地抛开紧箍咒,蟠桃盛宴乐尝新。

2016年1月

书自作诗《猴年贺岁》

吴为山君画余遇一长老（二首）

（一）

犹似佛禅犹似仙，偶逢歧路亦逢缘。
海天何处今宵宿？径陌前程几度迁。
汝也远离尘俗去，余兮羁绊网罗牵。
崎岖总有不平事，大道长留人世间。

（二）

瘦儒生与隐山僧，邂逅江湖即永恒。
垂柳抽丝倚根老，灞桥别友折枝青①。
欲穷禅理风尘事，却道人间浇薄情。
天下滔滔咸过客，临行愧忘叩尊名。

2016年1月

注：
①灞桥：又名霸桥。据《三辅黄图·桥》："霸桥，在长安东，跨水作桥。汉人送客至此桥，折柳赠别。"五代王仁裕《开元天宝遗事·销魂桥》："长安东灞陵有桥，来迎去送，皆至此桥为离别之地，故人呼之'销魂桥'也。"远行者与送别者常于此惜别，故称。

题吴为山画《路遇图》

屠呦呦等五位科学家
获永久性小行星命名(三首)

长者仪范贤哲风，敬畏大道发思聪。
巨人肩背苦攀接，跃上天梯太乙宫①。

五颗行星合五心，遥天默语送佳音。
星群鼓舞欣然应，庆贺地球人杰临。

科学无疆无止境，人间智慧九天铭。
几时直上小星去，银汉会当邻里迎。

2016年1月

注：
①太乙宫：道家神仙太乙真君所居住的宫殿，此处指天宫。

猴年联句

抛开紧箍咒日新月异
磨砺千钧棒雾散云消

2016年2月

丙申元日女儿女婿微信贺岁

仿佛全新电视机,双双伉俪越洋飞。
昔年跋涉离乡土,万字航邮诉语丝。
数码神奇启联动,形声同步与来归。
《西游》作者今如在,再创悟空筋斗诗。

2016年2月

书自作诗《丙申元日女儿女婿微信贺岁》

引力波之歌

这世界太奇异。
从初生孩童到
白发老翁,
睁开大眼
竖起双耳
永不停止叩问:
我们来自何方
将要向何处去。
LIGO的长臂
超越千里眼、
顺风耳,补做
爱因斯坦
留下的"作业"。
像女娲补天、
夸父追日,无数次

幻想——追索
质疑——否定
高扬着
生命的好奇心。
终于，
最宏伟的一瞬
我们听到了
最壮丽的一瞬
我们见到了：
两个黑洞
合成六十二个太阳质量
还有三个
啊！不到一秒钟
掉在无穷空间里
好似一小滴水
时空的涟漪
经历十三亿年
飘移到地球。

宇宙深处的奥秘
我们零距离面对。
处在幼年的
地球人
无愧天之骄子
睁着大眼
竖起双耳
享受无比美妙的
宇宙天籁之音相
莫扎特的琴弦不曾有过
毕加索的色块不曾有过；
而爱因斯坦
出奇的慧眼
显得格外稚气
天文台的反光镜无可比拟
纯白的发须
浓密又直挺。
此刻，他正在同

牛顿、伽利略对话
也想听听轮椅上的
霍金，用艰难的语音
传达睿智。
是的，我们听到了
伟人的言笑
比初生婴儿还要
纯情、清亮
比最杰出的艺术还要
深邃、广阔。
啊！为了体验
十三亿年前
那个一刹之间，
倘若做个地球仅有的
多细胞生物
去太空享受现场
那可真是无比美妙。

爱因斯坦——LIGO
再过一百年
地球人享受美。
宇宙，
变得更加有趣、诗化。
我们来自何方
将要向何处去
——始终是人类
全部思想引爆出来的
生生不息的
引力波！

2016年2月

水仙（五首）

小景亦奇浮羽仙，清供相约到人间。
赏花都说牡丹好，富贵难期共岁寒。

姿以凌波洛下身①，形同仙子忆佳人。
良媒引水欢心接，幽处通辞香暗闻②。

金盏银台翡翠帘，冰心一片荐寒泉。
中华自古崇贞节，屈子沉江誉水仙③。

胜似芙蓉清水中，全凭造化出天功。
劝君莫逞精雕饰，道法自然第一宗。

定庵斥笔《病梅》文④，删、斫、养、锄元气沦。
人若有情花有意，爱怜万物视同伦。

2016年3月

注：
①曹植《洛神赋》："凌波微步，罗袜生尘。"吕向注："步于水波之上，如尘生也。"
②曹植《洛神赋》："无良媒以接欢兮，托微波而通辞。"
③晋王嘉《拾遗记·洞庭山》称屈原为"水仙"。
④龚自珍（定庵）《病梅馆记》。

书自作诗《水仙》

寄江油李白纪念馆

江油灵气托青莲，嘉句长留万口传。

少小也曾期圣主，壮怀直接戴天山①。

危楼百尺浪漫语，蜀道高标世事难。

亲炙耕樵行者苦，披吟不见酒中仙②。

2016年3月

注：

①戴天山：在四川昌隆县北五十里，青年时期的李白曾经在此山中的大明寺读书。李白有《访戴天山道士不遇》诗。

②作者原注：李白居江油诗传三十二首，只字无"酒"。一笑。

书自作诗《寄江油李白纪念馆》

常　恐

常恐危言恶，未恶美言多。
危言易招怨，何如唱赞歌。
违世自作孽，唯上好通过。
表态先鼓掌，随声便谐和。
甚厌良药苦，也拟治宿痾。
喑哑不作为，俯仰且蹉跎。
贤圣善纳谏，专佞文字罗。
盛世气吞海，故不择江河。
天下之兴亡，匹夫有责呵！

2016年4月

纪念孙中山先生

浩荡潮流百五年，先生遗爱布人间。
奉行大道丰碑立，"天下为公"未竟篇。

2016年4月

人机大战二首①

机器胜人人胜机,巡回求索测幽微。
若非人力御奇奥,哪有神功突重围?

成事果然端在人,嬗传转辗日维新。
睿思慎远追终极,利弊还遵"异化"循②。

2016年4月21日

注:
①人机大战:是指人类顶尖围棋手与计算机顶级围棋程序之间的围棋比赛,特指韩国围棋九段棋手李世石、中国围棋九段棋手柯洁分别与人工智能围棋程序"阿尔法围棋"(AlphaGo)之间的两场比赛。
②异化:哲学用语。马克思认为权力、资本、媒体和机器彻底控制了人,产生异化。

致乡友

惯把他乡作故乡,少年家国事难忘。

小桥流水真耶幻,大浪淘沙狷入狂。

鸿雁传书邀翰墨,颓毫塞语感参商。

奉言父老后来者,忠义雄风代代扬[①]。

2016年5月

注:
①作者原注:吾乡江阴素称"忠义之邦"。

闲　吟

坐井天庭远,观书雨露滋。

三餐唯嗜粥,一念不忘诗。

搜索枯肠涩,重温旧梦丝。

闲来耽异想,随处启新知。

2016年5月

坐井天庭遠觀書雨露滋三餐唯食粥一念不忘試搜煮枯腸澀重溫舊夢綠閒來耿異想隨處啟文新知

五絕閒吟 □申沈鵬

书自作诗《闲吟》

题李延声画伟大的先行者
孙中山长卷①

伟大先行者,壮怀追大同。
医民更救国,效禹不居功。
邦忌沙盘散,峡熙板块通②。
至今诵遗嘱,心浪越时空。

2016年6月

注:
①李延声,著名人物画家,中国美协理事。
②以"沙盘"、"峡"和"板块"喻两岸关系。熙:光也(《尔雅》)。

书自作诗《题李延声画伟大的先行者孙中山长卷》

残砖三首

　　钟冶平君从余幼年旧居瓦砾场中拾得百馀年前残砖二方，冶平玲英伉俪与余各存其一，永以为念也。①

驳蚀陈泥辨岁华，床前追忆故城霞。
人非物异苦霜雪，丁令鸟归梦里家②。

滚滚红尘遗一方，历经何处垒高墙？
贴身寂寞闻回响，惊醒儿时战火场。

前尘叠影对残砖，非比珍珉含泪看③。
犹幸废墟留柱础，重开广厦上云巅。

2016年6月

注：
①钟冶平，导演，曾任《书圣王羲之》制片人。
②丁令鸟：丁令威，传说是汉辽东人，学道于灵虚山，后成仙化鹤归来，落城门华表柱上。时有少年，举弓欲射之，鹤乃飞，徘徊空中而言曰："有鸟有鸟丁令威，去家千年今始归。城郭如故人民非，何不学仙冢垒垒。"见晋陶潜《搜神后记》卷一。
③珍珉：珉，玉石。东汉许慎《说文》："珉，石之美者。"

前尘叠影对残砖,非此珍民念溪青犹章。废墟留挂檐重阁广,厦上云山巅。

残砖三首之一

书自作诗《残砖》

七一·忆沪上浦江

漫漫长夜竟何之,黄浦江头杂色旗。
为有羲和导先路①,万难曲折不违时。

2016年6月

注:
①羲和:神话中太阳之神。

题胡卫民画人物①

青史长垂贤哲名,添毫颊上意殊胜②。
沙尘淘沥无馀顾,思想多元乐育英。

2016年7月

注:
①胡卫民,当代著名人物画家。
②晋顾恺之画人物,"颊上加三毛,觉精彩殊胜"。

谒锐老归途步晓川兄韵①

满载宏文归路香，拳拳犹为德赛忙②。
关心最是春秋笔，凿壁深宵一线光。

2016年7月

注：
①锐老：李锐（1917—2019），原中组部常务副部长，著名党史专家、作家。
②德赛：德先生与赛先生，中国新文化运动的两面旗帜。"德先生"即"Democracy"，德莫克拉西（音译）——意为"民主"；"赛先生"即"Science"，赛因斯（音译）——意为"科学。"

纪念红军长征胜利八十周年延安美术馆嘱句

雪山草地竟如何？民族危亡胝铁磨①。
宝塔巍峨亲大野，清凉时世枕干戈。

2016年8月

注：
①胝：zhī，手掌脚底因长期劳动摩擦而生的茧子。《荀子·子道》："夙兴夜寐，耕耘树艺，手足胼胝，以养其亲。"

丁国成君见告新古体诗研讨会举办，得句求正①

诗歌之作，

体以代变。

抒情言志，

各任己见。

商周古朴，

楚骚流绚。

汉魏六朝，

乐府革面。

五七杂言，

律绝相传。

多元并举，

美刺皆善。

浩浩乎如江河万古，

巍巍乎若珠峰穿云。

贵在出新，

不以新眩奇。

尊爱旧制，

不以旧稳便。
我以我手写吾口，
至可贵者在至真。
八股文，台阁体②，
苦心孤诣夜兼晨。
无奈失却自家魂。
乾隆皇帝四万首有馀，
不及樵夫农妇俚语陈。

2016年8月

注：

①丁国成，著名诗人，原中华诗词学会副会长。

②台阁体是指明朝永乐至成化年间，文坛上出现一种所谓"台阁体"诗。以当时馆阁文臣杨士奇、杨荣、杨溥等（号称"三杨"）为代表。内容多为应制而作，题材常是"颂圣德，歌太平"。又有书法上的台阁体，清代称馆阁体，为科举制度而形成考场通用字体，书风拘谨刻板。

新　词

怪字新词出不穷，直教仓颉叹时风。
黄钟毁弃敲"砖"石①，瓦釜雷鸣气势汹②。

2016年8月

注：
①作者原注：有将"专家"易为"砖家"。
②瓦釜雷鸣：喻比喻无才无德的人气势显赫。《文选·屈原〈卜居〉》："黄钟毁弃，瓦釜雷鸣。谗人高张，贤士无名。"李周翰注："瓦釜，喻庸下之人；雷鸣者，惊众也。"

立　家

唾骂俨然自立家，巫师招式取喧哗。
但须泼墨非违上，谁个来将月旦加①？

2016年8月

注：
①月旦：典出《后汉书·许劭传》："初，劭与靖俱有高名，好共核论乡党人物，每月辄更其品题，故汝南俗有'月旦评'焉。"

得晓川兄雁栖湖赋留影

雁栖湖畔映云霓,四海生涯留爪泥。
一石飞来焕新景,江山得助赋骚题。

2016年8月

附:周笃文《雁栖湖读碑柬鹏老》

一曲高歌接彩霓,重关百二滚丸泥。
雁栖湖上天龙会,正待诗家试破题。

八　五

《松花江上》岁如歌①，历历胸前念烂柯②。
今日毕成今日事，临川纵目送帆过。

2016年9月

注：
①《松花江上》：1935年张寒晖在西安目睹东北军和东北人民流亡惨状而创作的一首抗日歌曲。
②烂柯用晋代王质事，谓岁月流逝，人事变迁。

松花江上岁如歌,历:胸前念伐柯今日举戍今日事临川
继日送飘过

公元二零一六年九月初旬唐沈鹏诗并书

书自作诗《八五》

闻四川村民送"不作为"锦旗有作

几曾"不作为"？上下应对忙。
锦旗本天职，专为事颂扬。
有形无形者，久已塞箩筐。
忽来唱反调，民意偶然张。
断然曰违规，留拘便上纲。
试问其违者，究属在何方？
见怪亦不怪，礼拜与进香。
积习须痛改，全方位小康。
仁者必有为，民众善度量。

2016年9月

丛 花

丛花捧出远山林，高举奉趋座上宾。

草地蔓生多野趣，化肥拔长强欢心。

尘霾障目讷明察，莺燕酣歌转哑喑。

避忌巧言兼令色，不求务实但浮金①。

2016年10月

注：

①浮金：一种轻质的金属。《太平广记》卷二九引汉郭宪《洞冥记》："汉武帝起招仙阁於甘泉官西偏。其上悬浮金轻玉之磬。浮金者，自浮于水上。"

盛兵君以爱女幼发制笔见赠

秀发如云吐异芬，毛锥立管见灵根。

生花不待梦中得，铁杵磨成慧智文。

2016年10月

注：
①生花：梦笔生花铁杵，李白幼时典故。

生命礼赞

有感蓝犁画《虎·人体·兰花》①。

大哉宇宙育精英,通会人天慧智萌。
喜怒山君善解意②,幽贞王者至关情③。
何由万物三分类,道是此中深性灵。
生命崇高同礼赞,无声绢素发心声。

2016年10月

注:
①蓝犁:当代著名画家。
②山君:虎。《说文·虎部》:"虎,山兽之君。"《骈雅·释兽》:"山君,虎也。"
③王者:兰。东汉蔡邕(传)《琴操·猗兰操》:"孔子自卫返鲁,隐谷之中见香兰独茂,喟然叹曰,芝兰当为王者香。"

江苏《乡愁》展录像访谈

未尝年少强言愁，逝者如斯不舍流。
山拥夕阳云雾谲，床前明月户窗幽。
聚焦一往家园好，对镜千般霜雪稠[①]。
数请拙毫呈吉语，人文故事可仍讴？

2016年11月

注：
①此处"镜"指摄像镜头。

敬题陈独秀同志像

峥嵘巨变史存真，德赛高擎第一人[①]。
今日仰瞻先哲面，《新青年》祭百年身[②]。

2016年12月

注：
①德赛：德先生与赛先生，民主与科学。详见本书《谒锐老归途步晓川兄韵》诗注。
②陈独秀于1915年在上海创办《新青年》，（第一卷名《青年杂志》），揭开新文化运动的序幕。

书自作诗《江苏〈乡愁〉展录像访谈》

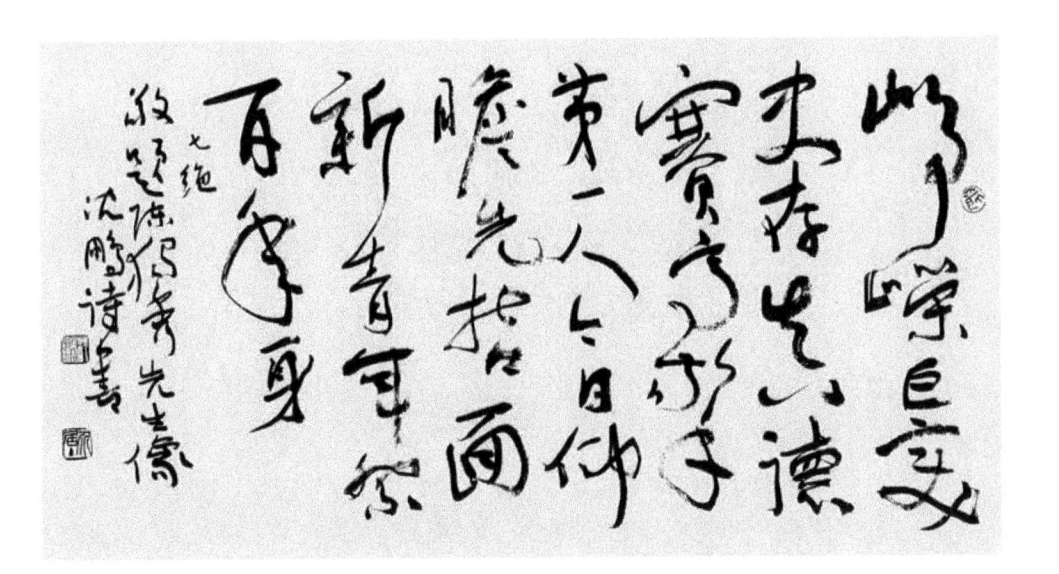

书自作诗《敬题陈独秀同志像》

张肇达君赐画像①

我惭千里马，君是九方皋②。

默识探神韵，遐思起末毫。

书生多意气，笔冢一风骚③。

即此羸驸力④，心无旁骛劳。

2016年12月

注：
①张肇达，当代著名画家。
②九方皋，春秋时人，善相马，见《淮南子·道应训》《列子·说符》。
③笔冢：书法家埋藏废笔之所。唐李肇《唐国史补》卷中："长沙僧怀素好草书，自言得草圣三昧，弃笔堆积，埋于山下，号曰'笔塚'。"
④羸驸：瘦弱驽钝的马。喻才能低下。北周庾信《代人乞致仕表》："驱奔效驾，先辍于羸驸。"此处为作者自谦。

奉和马凯、晓川诗兄

屈宋风流意未迟,诗骚古韵绽华枝。
百花竞放开生面,万马齐喑不耐驰。
善恶铺陈善集义,喜忧曲折喜宏辞。
何堪床上叠高架①?耸耳鸡啼易岁时。

2017年1月

注:
①喻重复累赘。北齐·颜之推《颜氏家训·序致》:"晋魏已来所著诸子,理重事复,递相模效,犹屋下架屋,床上施床耳。"

鸡虫事感

有利于人人反噬,清晨报信夜来烹。
杜陵叱免小奴卖①,仁者之心堪息兵。

2017年1月

注:
①见杜甫《缚鸡行》。

室内蝴蝶兰落尽又放

凛烈严寒忽孕葩,静观分秒绽新花。
喜因陋室阳光满,更引青山泉水赊。
蝶翅翩翩向大野,春风习习拂无涯。
有言维稳除烟火,小避阴霾独处家。

2017年1月

起　舞

夜半荒鸡非恶声,祖生起舞警同朋[①]。
兴衰天下匹夫责,壁上龙泉异气腾。

2017年1月

注:
①闻鸡起舞事见《晋书·祖逖传》。

书自作诗《室内蝴蝶兰落尽又放》

江阴名冠全国百强，佳音频传

全国文明起我乡，中山遗愿继流长[①]。

邦传忠义重刚毅，民贵勤劳早小康。

活力源于新创造，励行不屑巧揄扬。

儿时渴饮大江水，点滴犹温九曲肠[②]。

2017年2月

注：
[①]作者原注：孙中山先生于1912年12月19日视察江阴说："叫全国的文明，从江阴发起。"
[②]九曲肠：喻无限的深思。

全国名城耀眼中山陵远眺原
长郊传出抗战丰功鼓民生大勤
劳正兴茶染源扣新甸送庶门
不畏险阻搞邦心的零信念江阴
点滴滋润光虹彩

七律江阴名冠全国百强佳音频传
按孙中山先生於一九一二年十二月十九日视察江阴
说叫全国的文明从江阴发起

二零一七年二月 沈鹏 试书

步黄君韵回赠

雪飞初放霁，门启敞予怀①。

目睹人间相，语从道义开。

寒灯呵墨冻，春柳剪书裁。

力艺尊山谷，穷将疑析猜。

2017年2月

注：
①门启：旧时士人相拜谒所用的帖。

贺中华诗词学会成立三十周年

古木抽枝不计春，风云际会动时轮①。

童心长在筌蹄外②，便是此中情性人。

2017年2月

注：
①时轮：时运。
②筌蹄：局限窠臼。《庄子·外物》："筌者所以在鱼，得鱼而忘筌；蹄者所以在兔，得兔而忘蹄。"

戏为刘征兄斋号"六无居"作

但闻"六必居"①，不识居六无。
刘公学富赡，为欲自谦乎？
六必享美食，六无食无鱼。
无鱼叹长铗，出入必有车②。
又言宁无肉，伴竹腹空如。
念彼居竹者，谅或肉有馀。
君看往来人，若个爱务虚？
国人喜美食，中外共享誉。
秀色竟可餐，美人便若猪。
美文比大餐，饕餮吞画图。
人有笑我俗，或有嗤我迂。
虚无两手空，小有能通衢。
及至登堂室，行事必步趋。
六根无尽日，愧我一糊涂。
智叟与愚公，两间一同居③。

2017年3月

注：
①六必居：北京著名酱菜馆，传为严嵩题匾。
②典出《战国策·齐策四》："齐人冯谖贫苦不能自存，寄居孟尝君门下。因食无鱼、出无车，无以为家，三弹其剑铗，歌曰'长铗归来乎'！"
③作者原注：两间，天地之间。

袁熙坤君为余塑胸像

世间无我又何伤？面面相觑两老苍。
若不形俱神气足，焉教人性独舒张！

2017年3月12日

注：
①袁熙坤，当代著名画家、雕塑家。

读晓川兄诗有"风驰高铁春生脚"之句

一语天成意象新，心源时代逐风轮。
欧阳肃杀《秋声赋》，诵到今朝别有春。

2017年4月

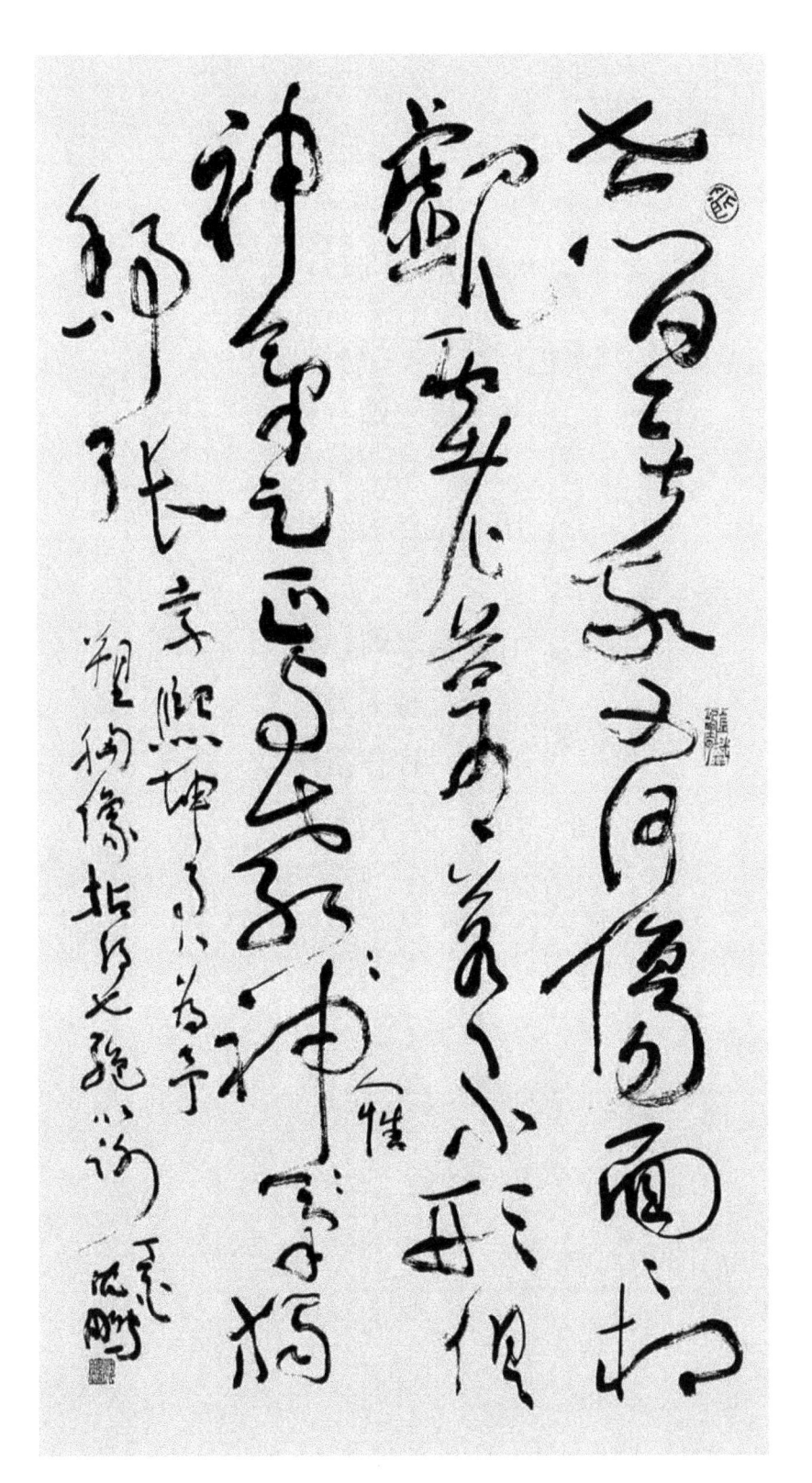

书自作诗《袁熙坤君为余塑胸像》

柳絮对话

行者：颠狂轻薄不知归，
　　　拂乱时空随宿栖。
　　　出门口罩三重紧，
　　　眼底依然五色迷。

柳絮：甘愿飘零随好风，
　　　辛劳播种委泥中。
　　　任尔讥评任招厌，
　　　天然代谢寓无穷。

2017年4月

书自作诗《柳絮对话》

过新华社训练班
六十八年前香山旧址

八字台阶八字开，八方游子育英才。

朱门剥蚀容颜老，影壁摇摇岁月苔。

昔日弦歌声在耳，同窗云散梦中槐①。

门铃数按无承应，庭院主人将客猜。

2017年5月

注：
①作者原注："梦中槐"，事见唐李公佐《南柯太守传》。陆游："幻境槐安梦，危机竹节滩。"

书自作诗《过新华社训练班六十八年前香山旧址》

读鲁迅小说诗二十四首

2017年5月——9月

《狂人日记》

（一）

语出癫狂底事因，四千年史鬼神人。
歪斜字缝中看字，道貌岸然装点"仁"。

（二）

天气晴和赞好时，吃人人吃两由之。
祖宗家簿敢轻踹，铁则万难逆水移。

（三）

煎熬烹煮享獠牙，噩梦惊骇乱似麻。
礼教淫威屏声息，摧心裂肺不留渣。

（四）

沉沉子夜远侵晨，人血馒头血口吞。
奋起呼吁救孩子，神州呐喊废尊神。

《白　光》

（一）

榜上无名月色寒，士途倒塌即丢官。
惊惶深挖金银窟，先祖馀荫一缕烟。

（二）

溺水何甘一命终，精神崩溃太匆匆。
功名利禄全般了，永世深陷泥淖中。

《祝　福》

（一）

死后魂灵孰个知？只身无寄质幽微。
夫儿命薄罪孤寡，礼教弥漫布杀机。

（二）

爆竹迎神祝福天，富家祭祀孝为先。
悲怜坛下祥林嫂，灵肉牺牲奉旧年。

《孔乙己》

（一）

祖传一袭旧长衫，重压瘦身污迹斑。
描红簿上列尊姓，怎奈功名不自来？

（二）

炎凉世态酒微温，笑语少欢泪暗吞。
十九文钱成永久，孔门一个被忘人。

（三）

"子曰诗云"也曾识，读书大雅强为饰。
茴香豆赏小儿童，且喜斯时壮行色。

（四）

丁举人家阴影浓，围墙高处不胜容。
《儒林外史》外馀史，灵肉伤痕有几重！

书自作诗《孔乙己》

《阿Q正传》

（一）

土谷祠中一短工，毕生命运岂徒穷。
精神胜利传家宝，双膝天然关节松。

（二）

比阔哄抬老祖先，赵爷捆耳托名传。
果真老子打儿子，仗势前攀五百年。

（三）

杀头抢劫众围观，"革命"原来便这般。
胸口银桃顶盘辫[①]，豪绅照例领先班。

注：
①据《阿Q正传》，赵秀才用四块洋银打造一块银桃子，进了"自由党"。

（四）

廿年之后竟如何？造反呼声泛浪波。
劣性倘然仍不改，哀哉民族苦难多。

读鲁迅阿Q正传选四首

土谷祠中一语工毕生命运
尝读鲁迅精神胜利传家
宝健又膝天然调节轼致
头抢劫影围观莘令原来
便之敛胸胎银元顶盘辫豪
绅照例领先班

赵秀才用四块洋银打造一块
银桃子进了自由党

丁酉立秋护沈鹏于合居

书自作诗《阿Q正传》

《药》

（一）

病入膏肓绝信妖，不求疗治引邪招。

轩亭口上女儿血①，直面昏愚含恨抛。

注：
①轩亭口：绍兴秋瑾就义处。

（二）

荒坟累累叠馒头，付与富家寿礼收。

恶少帮闲刽子手，蟪蛄也欲噪春秋①。

注：
①《庄子》："蟪蛄不知春秋。"

《风 波》

（一）

代代相传总不如，九斤老太昧乘除。

龙庭宝座登高否？复辟闹场一旦输。

（二）

小起风波"五四"前，上推馀孽几千年。

昌明科技新时代，邪恶犹防一线牵。

《在酒楼上》

（一）

敢侵神像拔须茎，改造中华义填膺。
十载偶逢惊巨变，课徒熟诵《女儿经》。

（二）

糊涂随便度岁馀，半入衰年一唏嘘。
迁葬送花遣寂寞，小窥碧海弃苍梧。

《孤独者》

（一）

喜爱童真偏失真，荣华孤独两沉沦。
军衔绕颈风头足，落魄糊涂一缕尘。

（二）

飘萍随意弃身家，性向善良混迹沙。
若问人生几多值？秤锤无定秤杆斜。

闻 雷

仰首苍天吟式微，闷雷霹雳雨声稀。
逆风难扫乌云去，故事重来老马归。
笔债寻常行止有，人生耄耋日行西。
如何了得论高谊，众里相逢转话题。

2017年7月

与叶廷芳兄议"残缺美"①

胜利女神维纳斯，罗浮宫殿仰丰仪。
或言残缺损姿态，依旧轩昂凝固诗。
雨打风吹夯遗迹，陈砖碎瓦认安危。
长城万里鉴青史，夕照回光姜女祠。

2017年8月

注：
①叶廷芳，中国社会科学院外国文学研究所中北欧文学室主任。

诗为同门七子书展

八法精华难可求,更从字外引源头。
智永千文大王迹,居高远世欠风流①。

2017年10月

注:
①有谓智永书真草千字文八百通,四十年不下楼。

庆贺南菁中学135周年①

大江日夜动弦歌,乐育英才业迹多。
莫作调人求实事②,敢开风气启先河。
楼台新建精神永,师长勤教玉石磨。
不忘初心重原创,中流砥柱立漩涡。

注:
①南菁中学:江苏省江阴市南菁高级中学创建于1882年10月27日,是一所历史悠久的名校。前身是江苏学政黄体芳在光绪八年创办的"南菁书院"。沈鹏先生曾求学于此。
②作者原注:南菁书院时期黄以周山长训言:"实事求是,莫作调人。"

中秋夜独步

今岁中秋夜,月儿十七圆①。
天时有如此,人事或茫然。
云翳羞花貌,气清托玉盘。
行行街似水,凉意照婵娟。

2017年10月

注:
①作者原注:据天文报告。

今岁中秋夜月犹未圆天时有如此人事或茫然云翳羞花貌气清托玉盘行行街似水凉意照蝉娟中秋夜独步 丁酉沈鹏

书自作诗《中秋夜独步》

重九抒怀

佳节号重阳，复命老年节。
年老亦可敬，登高夙情结！
秋光拂爽气，高峰揽日月。
望远念亲朋，依依曾惜别。
安好可如初？加饭健筋骨。
两地插茱萸，叹息肠内热。
昔我年少时，双鬓早染白。
自谑龙钟态，壮志献热血。
即此倍惜阴，跬步便捷足。
昨夜获航邮，开阅心急切。
怡然呼我翁，祝我寿无极。
逝者竟如斯！抬头看日历。
所幸有自负，望崦嵫勿迫①。
暇时休对镜，管它满头雪？
久病懒问医，一卷胜药物。
又贵一身轻，不弃两支笔②。
迂拙疏电脑，把管兴勃勃。
笔也遂吾愿，岂敢任易辙？

童心至可宝，老马长途识。
闻道不厌迟，朝乾复夕惕。
识字忧患始，士人尽天职。
重九须登高，远离碳化物。
环境诉险恶，我心常恻恻。
天地非不仁，刍狗人作孽③。
登高养浩气，胸襟旋开阔。
俯仰天地间，神驰无穷绝。
人类共命运，舍此何抉择？
银汉千千亿，珠峰低屋脊。
奇思外星人，触手可相即。
又恐不知彼，小球比蚁穴。
珍重分秒间，眼下至足惜！

2017年11月

注：
① 《楚辞·离骚》："吾令羲和弭节兮，望崦嵫而勿迫。"
② 作者原注：两支笔，毛笔、钢笔。
③ 《老子》："天地不仁，以万物为刍狗"，此处反用之，以为环境恶化是人类自作孽。

欧豪年书画展开幕志感

三绝圆通天地宽,大千风物骋游观。
功深妙悟先贤意,岂只仪型出岭南。

2017年11月

注:
①欧豪年,1935年生于广东吴川,1970年定居台湾,当代书画大家。

书自作诗《欧豪年书画展开幕志感》

闲吟二首

（一）

地心引力秋风急，黄叶飘零知所归。
积冢如山不待扫，半依故土半纷飞。

（二）

天生万类布基因，芳草荣枯亦可人。
何由散木非为用①，取舍之间虚此身！

2017年11月

注：
①散木：原指因无用而享天年的树木。后喻全真养性、不为世用之人。此处作者认为散木非无可用。《庄子·人间世》："匠石之齐，至于曲辕，见栎社树……曰：'已矣，勿言之矣！散木也，以为舟则沉，以为棺椁则速腐，以为器则速毁，以为门户则液樠，以为柱则蠹。是不材之木也，无所可用，故能若是之寿。'"

奇 痒

（一）

庄生蝴蝶两难分，骨肉皮囊罗网身。
解脱无由缘一体，捱时入梦叩灵魂。

（二）

欲倩麻姑仙子搔①，谓余可贵忍煎熬。
不若华佗施刮骨，积年毒素一齐抛。

2017年12月

注：
①倩qìng（动）：请求。麻姑：神话中仙女名。传说东汉桓帝时曾应仙人王远（字方平）召，降于蔡经家，为一美丽女子，年可十八九岁，手纤长似鸟爪。蔡经见之，心中念曰："背大痒时，得此爪以爬背，当佳。"事见颜真卿《麻姑山仙坛记》。

题《中华辞赋·校园诗赋》

校园文化别抽枝,屈子风骚李杜诗。

时代精英抒浩气,少年中国发宏词①。

牡丹荆棘天然美,黄雀苍鹰各异姿。

赋得四声除八股,古云唯俗至难医②。

2018年1月

注：
① 少年中国：梁启超《少年中国说》。
② 黄山谷谓："俗便不可医。"

女儿海外来归

（一）

"何尝域外有天堂？"六月也曾飞雪霜。
寒暖有常无定则，但逢干旱口难张。

（二）

爱家纤手未闲停，检点剩馀门口清。
犹记灾荒啼乳日，慧心含泪对空瓶。

2018年1月

对联迎戊戌双甲子

世界大同抒美景[①]，
少年中国发宏图[②]。

2018年2月

注：
① 大同：康有为《大同书》。
② 少年中国：梁启超《少年中国说》。

世界大同护美景

少年中国焕宏图

康有为著大同书

梁启超文少年中国

迎戊戌双甲子 沈鹏撰书

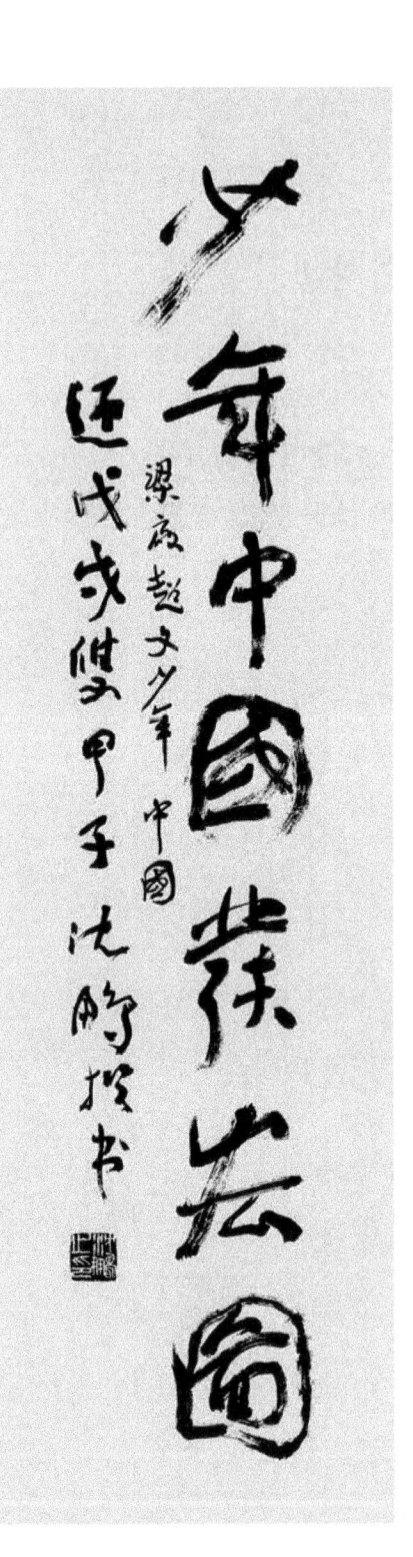

书自作对联《迎戊戌双甲子》

戊戌元日与友人通话（二首）

（一）

坐井观天划地牢，相邻咫尺甚云霄。

速通信息趁佳节，好借熏风在今朝。

老病未曾虚座客，新词先约故知敲。

"维新百日"垂青史，曲折艰难民主潮。

（二）

冬寒甫尽早春寒，"雨水"（按：节候）来时鼻舌干。

灵犬盼迎财气旺，福书倒挂大门关。

革新民俗净双耳，盛赞和风御一船。

南地罕闻铺厚雪，时空不改路漫漫。

2018年2月

感事有寄——用梁东兄韵

耄耋焉求滴水功？尔来世态觉疏空。

栽花花粉传过敏，忌酒酒精伤味穷。

识字人生忧患始，缅怀今古盛衰通。

如何了得俱时进，相与嘤鸣道不同①。

2018年4月

注：
①嘤鸣：鸟相和鸣。喻朋友间意气相投。语出《诗·小雅·伐木》："嘤其鸣矣，求其友声。"

序　诗

——李建春评并书沈鹏读鲁迅小说二十四首①。

鲁迅精神警后人，千钧笔力铸刀痕。

再传呐喊呼声劲，吾与贤君李建春。

2018年5月

注：
①李建春，当代书法家。

奉诗人节①

不枉诗人饰桂冠，应从三闾启新篇。
汨罗犹作潺湲语，世事民生毋忘艰。

2018年6月

注：
①诗人节：即端午节，抗战时期，一批诗人在重庆，端午节纪念屈原，并将其定名为"诗人节"。

端午气候变异

风雷雨电叠交加，节气轮回欲破邪。
角黍飘香美承俗，教科书上少些些①。

2018年6月

注：
①作者原注：有告教科书不选《楚辞》。

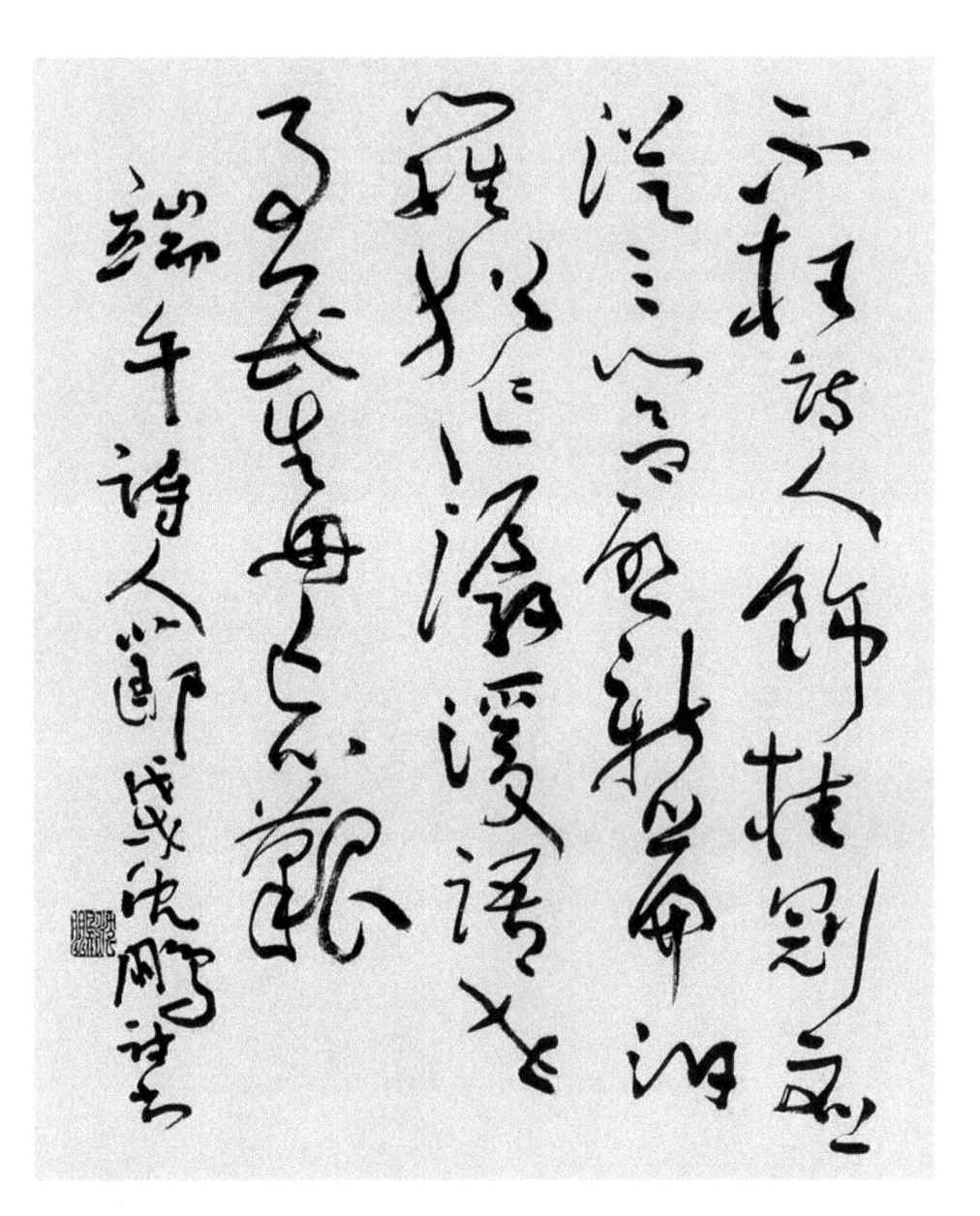

书自作诗《奉诗人节》

唐玄宗端午宴群臣，赐诗探得"神"字（三首）①

（一）

金銮无处不称"神"，小弄机关大雅臣。
一字拈来喜盈色②，开元遗事探升沈。

（二）

赢得君王亲股肱，夺标竞渡仗神功③。
杨妃诏命侍从否？鼙鼓渔阳罪帝宫④。

（三）

安抚群臣忠不替⑤，节逢双五酒诗盟。
角中香黍合恩义，湖上飞舟请络缨⑥。
好借一江湘水怨⑦，颂歌圣主泰山宁。
庶黎夏至迎佳日，宫殿风骚别样情。

2018年6月

注：
①唐玄宗李隆基《端午三殿宴群臣探得神字》："五月符天数，五音调夏钧。旧来传五日，无事不称神。穴枕通灵气，长丝续命人。四时花竞巧，九子粽争新。方殿临华节，圆宫宴雅臣。进对一言重，遒文六义陈。股肱良足咏，凤化可还淳。"又《端午武成殿宴群臣》："端午临中夏，时清日复长。盐梅已佐鼎，

曲蘖且传觞。事古人留迹，年深缕积（一作绩）长。当轩知槿茂，向水觉芦香。亿兆同归寿，群公共保昌。忠贞如不替，贻厥后昆芳。"

②此句意为给皇上拈个"神"字，这点小机关计谋，谁个不知？带讽意。

③夺标竞渡：端午节赛龙舟，此处句中又出现"神"字，暗指争名夺利。

④指安禄山于渔阳举兵叛唐事。唐白居易《长恨歌》："渔阳鞞鼓动地来，惊破《霓裳羽衣曲》。"渔阳，在今天天津蓟县。鞞鼓，骑兵用的小鼓。

⑤唐玄宗《端午武成殿宴群臣》：诗"忠贞如不替，贻厥后昆芳。"详见注①。

⑥香黍：粽子。络缨即缨络，用珠玉穿成的装饰物，多用作颈饰。请络缨：此处暗指"求官"。

⑦此句意为：唐明皇借屈原誓死效忠之事，笼络群僚，以颂当今之盛。

与顾明远并坐合影①

耄耋一瞬间，

一瞬留耄耋。

昔年同桌两书生，

往事联翩梦庄蝶。

2018年7月

注：

①顾明远，江阴人，沈鹏先生中学同窗。曾任中国教育学会会长。

书自作诗《唐玄宗端午宴群臣,赐诗探得"神"字》

过五四运动赵家楼

都城一隅隐斯楼，穿越时空百载稠。
学子同仇声渐渺，不教德赛远神州。

2018年7月

有议论王维官级者

摩诘前身是画师，官阶副部谁个知。
又云鲁迅小佥事，范进殊荣金榜题。

2018年7月

对　联

百日维新艰难变法回首青史双甲子，
四旬不惑砥砺迈进前瞻彩霞九重天。

2018年7月

百年维新艰变法回首
当又健甲子戊夫
彩霞九重天
四句又志砥砺迈进前瞻

书自作《对联》

临江仙·有油画山寨恶搞《蒙娜丽莎》

休问她来源是啥,一尊傻胖娃娃。任凭戏弄减和加。啊呀曾似识,画底隐名家。　　早见她胡须上翘,把微笑乱涂鸦。而今又计出歪邪。咱们点燃圣火:供蒙娜丽莎!

2018年8月

书自作词《临江仙 • 有油画山寨恶搞〈蒙娜丽莎〉》

梁东兄置助听器得佳句[①],余和之（二首）

（一）

有声总比无声好，"万马齐喑"不忍听。
利器感君充电足，黄钟大吕振心灵。

（二）

当头霹雳响雷霆，充耳不闻冷似冰。
心若死灰心便了，莺歌燕舞塞聪明。

2018年9月

注：
① 梁东，当代著名诗人。原中华诗词学会常务副会长。

题箑有作①

夏热高科技，空调一路通。
故人嘱书扇，儒雅或过冬。
诸葛挥良策，右军悯妇穷。
敝毫衰已甚，未即借时风。

2018年9月

注：
①箑shà：《扬子·方言》："扇，自关而东谓之箑，自关而西谓之扇。"

家人南行有寄

虽不能至向往之，稻香鱼美正逢时。
秋光遥念故乡好，月色低头两地思。
流水小桥馀几许，亲朋旧友惹梦驰。
重阳毋忘登高去，垂老反哺严与慈。

2018年10月

临池二首

（一）

万类融通一笔书①，我从点画悟真如②。
停云好作行云想，飞鸟常思归鸟虞③。
水火相容无芥蒂，喜忧交替杂唏嘘。
纵横有象人天合，实处密缝疏转虚。

（二）

凝神屏息对天人，洛纸铺张去杂尘。
笔底无羁随写意，心存大爱即归真。
万毫聚气力穿背，一念疏松腕失伦。
野鹜家鸡谁管得④？奴书奴性出同门。

2018年11月

注：

①一笔书：书法术语，指草书文字间自始至终笔画连绵相续，如一笔直下而成，故名。唐代张怀瓘《书断》称："伯英（张芝）章草，学崔（瑗）、杜（度）之法，因而变之以成今草，转精其妙，字之体势一笔而成。"北宋郭若虚《图画见闻志》称："王献之能为一笔书，陆探微能为一笔画。"

②真如：佛教语。谓永恒存在的实体、实性，亦即宇宙万有的本体。

③停云：行云及飞鸟、归鸟皆古人书论中比拟草书的常见意象。

④野鹜家鸡：晋人庾翼以家鸡喻自己的书法，以野鹜喻王羲之的书法。宋苏轼《跋〈庾征西帖〉》："庾征西初不服逸少，有家鸡野鹜之论，后乃叹其为伯英（东汉张芝字）再生。"宋苏轼《书刘景文左藏所藏王子敬帖绝句》："家鸡野鹜同登俎，春蚓秋蛇总入奁。"

江阴介居书院成立祝词

借得吾乡半亩塘，迎来百侣启文场。
两间一介惟忠义①，活水源头枕大江。

2018年12月

注：
①作者自注：两间：天地之间。鲁迅诗有"两间馀一卒"之句。

康熙等五代清帝各书一福字

"五福临门"享子孙①，弄毫馆阁祈天恩。
纵然笔墨全同辙，怎奈梅花不着根。

2019年1月

注：
①作者自注：俚云"梅开五福"。

后　记

　　戊戌秋，恩师沈鹏先生电召。久未谒先生之门，得见先生，观其鹤发童颜，一如其旧，而气骨精神，或矍铄于往常。壁上草隶新作，腾蛟起凤，满纸纷披，其身心书作，均显期颐人瑞之征。先生询余近况，勉励关爱，并以近年所存之诗稿，命余编次成集。余浅薄不文，担此重任，忐忑之馀，亦深知先生提携抬爱之意。

　　是集收录沈鹏先生近七年间诗词二百五十馀首。书名先生定之为《三馀长吟》，与其《三馀吟草》《三馀续吟》《三馀再吟》成系列，兼取杜少陵"新诗改罢自长吟"诗意。余编辑之时，以年月为次序，整理录入，并将诗中所涉典故及个别冷僻字词，依次注释。除标明沈鹏先生原注外，其它皆余之所注也。注释以各类工具书籍为辅助，并参阅相关基本古籍，以一冬之功，整理完毕。然因学力所限，如有错误之处，责任亦在余也。注诗之难，古人有"诗无达诂"之叹，余之力所能及者，惟将其诗词中所引用古籍之有关人、地、事、物，寻觅出处，以为读者阅读之助。而其比况寄意，则不敢随意解读阐发。西人有云"一千个读者，即有一千个哈姆雷特"，宋人刘辰翁更以"观诗各随所得，或与此语本无交涉"，只注典故字词，亦向来为诗集编辑之通例。

　　余编辑之时，亦得以细致品读先生之诗作，感其意境笔墨，沉郁顿挫，雄奇飘逸，如前人所谓之碧海掣鲸者，每每有之。篇幅之中，所蕴含人文哲思之深厚，实可以上窥风雅而下启后世也。先生以草书著名当世，一代宗工，人共敬仰，而其诗作成就，实不在其书学之下，近年力作，尤熔铸唐宋而自出机杼，如《读鲁迅小说二十四首》等，沉奥惊创，独标风骨，已自成家数。会通之际，诗、书俱老，则又岂可仅以书史目之哉？

先生诗作之特点一在于立意高、笔力健。其作吐纳山川之气，俯仰古今之怀，总以风调高古为主。集中如《台湾行》："鹏翼逍遥游海东，日行两岸御雄风。穿云更喜晴光好，积雪残冰次第融"、"天道终于弥裂痕，绿茵又是一番新。于髯埋笔玉山上，望大陆兮云水亲"，起手壮阔，融民族统一之思考于诗句之中，此可谓立意之高也。《殇甲午海战》：

> 百二十年弹指间，沉沉黄海浪滔天。
> 革新利炮蛇欺象，迂腐清廷园戏船。
> 将士捐躯岂畏葸，中枢卖国保全官。
> 硝烟散尽何曾了？圆梦应从噩梦观。
>
> 潮流浩荡欲何之？震撼东方一睡狮。
> 隔岸小儿玩爝火，闭关老大守金墀。
> 但知胜负凭洋器，为决雌雄仗国维。
> 怒吼缘今犹有鬼，故教长剑付钟馗。

写史事，手笔顿挫淋漓，如巨刃摩天，非襟怀壮阔者不得为此，此立意高，实为胸次境界高也。而先生诗词近作笔力之矫健，尤见于其古风。如《步晓川兄〈读征公龙蛇集感赋〉》《放龟行》等，脱胎于杜、韩，并糅以杨诚斋通透之趣，洋洋洒洒，往复跌宕，一气喷薄而出，起承回旋，多涩辣之意，正与其书境相通也。先生集中又有一种大朴不雕的神韵，信手拈来，清逸脱俗，如《题箑有作》："夏热高科技，空调一路通。故人嘱书扇，儒雅或过冬。诸葛挥良策，右军悯妇穷。敝毫衰已甚，未即借时风。"又如《秋蚊》："不问前胸后背身，任他瘦骨与肥臀。已难哄聚比轮囷，少息伺机叮寡人。能敌老牌花露水，却遭新产'灭瘟神'。秋风逐日吹凄厉，挳进南窗候夜昏。"看似率意，却意新而语工，无斧凿痕，而高古之趣，每现于字句之中。此种文字，于题材内容，道前人之所未道，而意境气息，雅健脱俗、朴淡高旷，其风格，远承诚斋，近接鲁迅、聂公（绀弩），于古人诸家流派之中，别树面貌，谓之为"沈体"可也。

余读沈鹏先生诗词近作，又每叹其笔底流露感情之真挚。如《闻吴江大兄仙逝急就》："几度蹉跎欠请安，呼天自罪咒天寒"。《读李汝伦诗》："涉世神灵忌，投毫鬼蜮皆。疳翁逢地下，歌哭雨飞丝。"《读烈士遗书》："魂系故园身赴艰，沈沈黑狱夜光寒。千斤镣铐囚徒手，字字行行泪血穿。""只以狱中无纸笔，但凭指血几行书。灰墙阴湿斑斓处，留待来人识楚居。"其歌哭之深沉，皆沛然如从肺腑中流出也。又如"廿年之后竟如何？造反呼声泛浪波。劣性倘然仍不改，哀哉民族苦难多"，"爆竹迎神祝福天，富家祭祀孝为先。悲怜坛下祥林嫂,灵肉牺牲奉旧年。"(《读鲁迅小说二十四首》之《阿Q正传》及《祝福》),其悲天悯人之怀,尤萦绕其笔端。昔王观堂《人间词话》有云:"词人者,不失其赤子之心",龚定庵所谓诗人必"哀乐过于人"。先生早岁饱经忧患,近作中亦多有回忆抗战、"文革"等苦难篇章,至桑榆晚年,先生亦每感于人生之沉痛与民族启蒙进步之难,一一化为诗篇,情真而意切。而先生直面人生之态度,勤奋求索之精神,更可为后辈之楷模:"童心至可宝,老马长途识。闻道不厌迟,朝乾复夕惕。"(《重九抒怀》)"只今垂老温故事,活命犹刨哲学根。"(《八二温前事》)此等语句,直入心灵,别有一种真实力量。

沈鹏先生的诗词近作,其价值,在文学之外,更在于其中体现深厚之人文精神。如其对环保问题之关注:"路朦胧,树朦胧,海市楼台尘雾封。炭煤烟味浓。"(《长相思·雾霾严重》)"徒为解谜呼上帝,矢诚卫护地球村。"(《有学者称人类在宇宙独一无二》);对民族进步之忧患"镜鉴春秋似椽笔,悲怆求索竞辉煌"(读《甲午殇思》);对人类命运的思考:"人类伊甸千载近,关怀运命发忧忡。"(《霍金》)"睿思慎远追终极,利弊还遵异化循。"(《人机大战》)《读鲁迅小说二十四首》所体现出对民族劣根性之批判以及对启蒙精神之呼唤,更可见先生虽游艺于诗书,仍心怀天下,既有传统士夫"忧乐"之情怀,亦具现代知识分子之意识。王船山曰诗者游于兴观群怨四情之中,奋发于为善,而通天下之志，如沈鹏先生者，以歌诗记其忧思，表达其于家国命运及人类未来之终极关怀，其寄托者深，其担当者大，其振聋发聩之语，亦可以正人心而恢世道者也。

昔黄宾虹有云大家不世出，百年或可一遇。沈鹏先生乘民族文化复兴之时代际遇，以诗词书艺、德业功勋，巍然入大家之林。余自从游沈鹏先生门下以来，于学问艺术及工作生活等，受惠于先生良多，并未有涓滴之报也。承担先生诗集之编辑任务以来，以余之浅学，每有力不从心之感，加以家事冗烦，仓促编校，疏漏之处，知所不免，则以待先生棒喝及读者教之。是书编辑过程中，蒙中华诗词学会副会长、《中华诗词》杂志副主编林峰先生作序，并对余每多指导；《中华诗词存稿》执行主编吕梁松先生在编辑校对上，付出大量之心血；沈鹏先生助理张静女士，负责搜集整理照片图版，亦颇费心力。在此，亦一并致谢。

先生命余为其诗作撰文，余末学小子，得立门墙，已属万幸，又何敢品论先生之诗作哉？乃略抒感受，拉杂书此，以充后记。并于景仰之馀，感而歌曰：

　　书史名山称斗魁，诗林叱咤亦雄哉。
　　辞锋漫自沧溟吐，笔势直从肺腑来。
　　吟咏难禁吁德赛，情怀苦厌为霾埃。
　　兴观群怨春秋意，孤愤谁闻醒蛰雷？

己亥元宵后　受业　耀文星
谨记于京华石垢书屋